经典印象·小说名作坊

CLASSIC IMPRESSION

小天使

[法] 安东尼·佛楼定 / 著　徐晓雁 / 译

Antoine Volodine

Des Anges Mineurs

浙江出版联合集团
浙江文艺出版社

原书名：Des Anges Mineurs
作者：Antoine Volodine

版权合同登记号：图字：11-2013-93号

图书在版编目（CIP）数据

小天使/〔法〕安东尼·佛楼定著；
徐晓雁译. —杭州：浙江文艺出版社，2017.2
（经典印象译丛）
ISBN 978-7-5339-4739-2

Ⅰ. ①小… Ⅱ. ①安… ②徐… Ⅲ. ①长篇小说－
法国－现代 Ⅳ. ①I565.45
中国版本图书馆CIP数据核字（2016）第296938号

小天使

作　　者：〔法〕安东尼·佛楼定
译　　者：徐晓雁
责任编辑：童炜炜

浙江文艺出版社　出版发行

地址：杭州市体育场路347号
网址：www.zjwycbs.cn
经销：浙江省新华书店集团有限公司
印刷：上海中华商务联合印刷有限公司
版次：2017年2月第1版　2017年2月第1次印刷
开本：787毫米×1092毫米　1/32
字数：92千字
印张：5
插页：5
书号：ISBN 978-7-5339-4739-2
定价：28.00元（精）
（如有印、装质量问题，请寄承印单位调换）

1. 恩佐·麦迪洛西安

用不着隐瞒真相，我的反应再不像从前那般。现在，我哭不出来，我身上以及别处，有什么东西发生了变化。街巷都空了，城里几乎见不到人影，更不用说乡下和森林里。天空开始放晴，但仍有些昏沉。巨大尸堆的恶臭，经过几年连续不断的风吹逐渐散去。有些场景依然让我心悸，有些没有；有些人死了，有些人没死。我似乎就要哭出来了，但就是哭不出。

我必须去一趟眼泪修理匠家。

在这些忧伤的夜里，我蜷缩在一方小窗前。玻璃有些模糊，反射出昏暗的景物如一锅浑浊的卤水。我擦擦玻璃，也擦擦眼睛。我看见自己近乎球状的脑袋，苟延残喘的日子把这张脸变得干巴巴，还有一撮头发不知什么缘故总算幸存下来。我受不了正眼看自己，于是转头看看昏暗房间里的细节：家具包括我坐了一下午想你的那张扶手椅，我用来当柜子用的那只行李箱，挂在墙上的拎包，还有蜡烛。夏天，户外的黑暗也是透明的，可以依稀辨认出尸骨残骸。有一阵，有人试着在上面种些植物，但黑麦退化，苹果树每三年才结果，结出灰色的苹果。

我一直拖延去眼泪修理匠那儿的时间，那个叫恩佐 · 麦迪洛西安的人住在六十公里开外，以前是一片化工厂。我知道他很孤单并且郁郁寡欢，人家说他不可捉摸。确实，一个安慰不了的人是危险的。

但我必须准备这次旅行，我得在包里放好食物和防氯火柴，并准备好在恩佐 · 麦迪洛西安面前哭泣的理由。不管这理由是否反复无常，我准备好伏在他肩膀上与他一起反复无常地哭一场。我会带一张贝拉 · 麦迪洛西安的图像，唤醒我们俩对贝拉的记忆，这份记忆从没有离开过我。对于这位眼泪修理匠，我会带一点这里出产的宝贝给他：一块玻璃碎片，一些灰色苹果。

2. 弗雷德 · 詹福乐

弗雷德 · 詹福乐本该在他的亲朋好友中享有声望，因为首先他从集中营里幸存了下来，其次他会写文章。然而，一来他失去了身边所有的人，二来他的书几乎称不上是书。当然，《七首最后的歌》是例外，被抄写了几份，甚至还加上一个写有书名的封面。如此本书便在他的作品中占有特殊地位，而实际上《七首最后的歌》也是他写得最糟糕的文章。

弗雷德·詹福乐的故事首先关注种群灭绝问题，同时也涉及他自己作为个体的泯灭。因此这是让大多数人感兴趣的题材，但弗雷德·詹福乐没有找到与潜在的男女读者真正建立起交流的合适的文学形式，因此未能完成他的意图。

在其中一个没有结尾的故事中，弗雷德·詹福乐这么开头：

我不会在死亡面前下跪。当死亡来临，我会沉默，但我将否认死亡逼近的一切真实性。这点威胁对我不起作用，我不相信它能得逞。我会睁大双眼，这是我生前一向的习惯。比如，有一段时间我认为自己不会做梦，别人休想把我禁锢在噩梦中。未经我同意，谁也不能合上我的眼皮；未经我同意，任何景象都不会有中断。我的意识将被卡在这份否认中。我不会浪费精力去反复唠叨有关冥界或复活之类的废话。我将坚守自己的理念，确认种群灭绝这种现象，并无任何来自其内部的可靠证据。这一切说明这种现象是无法被观察到的，纯属虚构。我将强力抛弃这种毫无依据的死亡假设。

我会咬紧牙关耸肩缩颈站在死亡的铁轨上，听着死亡快车轰然而至，一遍遍否认车头令人难以接受的逼近。我不想掩饰当情况不妙时，我会把一张我事先特意注明“不管发生什么，请别指责我生命中的任何人”的车票，攥在手心里。

3. 索菲·吉伦特

一如二十二年前，今夜，我又梦见了索菲·吉伦特。她把我带入一场既不合我胃口又超出我能力的历险。我们在一艘邮轮的中舱为几头白熊接生。这是清晨，船抛锚在一片油污海域，也可能是停靠在码头边，因为它不再行驶。白天的光线几乎照不到我们，电灯坏了，风扇也坏了。走道里弥漫着浓重的血腥味，还夹杂野兽身上的种种臭味。我们在地上铺了一张防雨布，雨布已被熊爪抓破几个洞。此处空间狭小，可以听到熊爪扑向金属墙时的沉闷响声和指甲抓挠时的叽嘎声，还有它们的喘息声。白熊们咆哮着相互厮打，我看着觉得很凶险，索菲·吉伦特却十分镇静。对于类似场景她比我更有经验，对于这种生命降临的仪式可能不那么震惊。没一个水手过来帮我们一把，也没人过来安抚一下那几头野兽，甚至连看热闹的人都没有。我们是多么希望有人类在场，好让我们感觉与外界还有点儿联系，感觉我们在兽笼后面不那么与世隔绝。

一共有三头熊。第一头躲在一边，趴在 886 号舱门前，弓腰抵着门，在舔舐它唯一的孩子。那种舐犊之情让我们感觉心安。另两头熊身形高大，重达千斤，正在不断用力下排。索菲·吉伦特双手伸进它们毛茸茸的后腿间，使劲拽拉胎儿，我负责接住熊崽。那些小生灵一点儿也不好看，浑身沾满黏液，皮肤皱巴巴的，闭着眼睛一动不动。我把它们放到遮雨布上，结扎脐带，尽量做得好一点。还必须一刻不耽搁地把新生儿放到妈妈鼻子下，凑近母熊的舌头和口水，以避免它被熊妈妈碾压和撕咬。我勉强做着这些操作，接生可从来不是我的强项。母熊喘息着，咆哮着，暴躁地翻来覆去，四肢在空中乱抓，或扑打金属墙。我们在上过蜡的雨布上跌跌撞撞，手忙脚乱。索菲·吉伦特有时会被胯下的熊掀翻在地，我必须立刻冲上前，把她从压在身上成吨的皮肉和被黄色毛发的窒息中解救出来。她重新站起来，不说一句话，继续刚才中断的操作。舱房里到处散落着新生的熊崽和一摊摊胎盘、黏液与血水。

我们浑身脏透，汗水模糊了眼睛，必须透口气。密闭的舱房，野兽呼出的热气熏得人几乎神经崩溃。第一头熊停止舔舐它的新生儿，把它扔在遮雨布皱褶的角落里，自己撒了一泡尿后，忽然挺直身体站起来，在防火门附近嗥叫着踱来踱去，时不时又趴下来，用头磨蹭另一头母熊或伸出舌尖去质问某只不属于它的熊崽。它霸占着船舱通道狭窄的空间，走来走去，很碍事。

我终于意识到我们的行动中有什么不对劲的地方，就像二十二年前那一次，就像每当索菲·吉伦特邀请我共度一段相契的时光时，总有某些蹊跷把我们共同亲历的现实变得不真实。

我意识到是我们从母熊肚子里拽出来的熊宝宝数目有点怪异，对北极熊来说，每胎一般在一到两只幼崽，从来不会超过三只。而我们周边已经躺了十、十一，也许是十三、十四只熊宝宝。在昏暗与混乱中，我们很难得到确切数字。索菲·吉伦特又围着第三头熊忙开了。我向她提出自己的疑虑，不知道为什么我要拐弯抹角并用一些我陌生的词汇。比如我不说遮雨布，我说防水盖布。我说到子宫时声音颤抖。她狐疑地看了我一眼，没搭腔。很明显，她根本不相信我的存在。我感觉脖颈上有滚烫的泡沫滴落，第一头熊正在逼近我，咆哮着将我扑倒。

4. 克里里·贡波

就在冬至前夕，克里里·贡波第一次被派去执行观察任务。几十年前，他就开始训练，现在终于轮到他出发。人家允许他返程前有半分钟屏气时间，他可用这三十秒来评估这个世界的状态，收集还居住于此的部落情况，包括他们的文化和前途。这丁点儿时间很不慷慨，但我们见过更苛刻的工作条件。

克里里·贡波一到观察地带，便背靠着某样坚固的东西，可能是一扇门。远远地，他从路牌得知来到的是阿纳莱街。早晨乌云密布，但未下雨。克里里·贡波擦擦旅途上被泪水模糊的双眼，花去了三秒钟。他穿的是行乞僧侣的破衣烂衫，路上行人稀少，他估计没人会有时间凑近他，注意到他古怪的面目和褴褛的衣衫，并大喊大叫起来。人家告诉他可能遇见最糟糕的情况，就是一群人围着你大声叫嚷，质问你的身份和意图。

他蜷缩在这座陌生房子门口。这是一幢白色建筑，看着像一所小学。他猜想大门后面会有一些空间，可能是一条走道。他想象那里有一排衣帽架，也许有一条红围巾挂在上面，也许墙上还有一面挂钟，指着九点一刻。他听见了孩子们的声音，一名女教师正让他们齐声朗读音节和数字。一把金属尺子掉到地上，学生们笑了起来。

马路对面的人行道上，有个女人在遛狗，一只胖得可笑的狗，但很可爱，因为它保持着独立。那女人正同狗说话。

狗嗅着墙角吠叫。

“你又怎么了？你闻到了什么?”那女人问道。

狗不回答，竭力想挣脱拴狗绳。一会儿扭来扭去，一会儿又成懒得动弹的癞皮狗。它想尽一切办法表示它要用狗鼻子继续观察世界上的神秘事物，它有权自己选择。它的主人有一种六十来岁女人的优雅，为了突出这种优雅，她浅咖啡色呢大衣里衬着一件黑色上衣。她用力拉扯手中黄橙双色的牵狗绳，狗就难以在人行道地面上移动口鼻，可它还在挣扎着嗅闻。女人再次拉了拉牵狗绳，这时，她的目光与贡波的目光相遇，然后赶紧移开。

已经第二十七秒了，克里里·贡波感觉有人启动了将他吸回的装置。这不像被拴狗绳套住脖子那般耻辱，却要痛苦得多，他脸部抽搐了一下。尽管女主人不断牵拉拴狗绳，狗儿继续把头伸向墙角。

“走，我们走!”那女人突然焦躁地喊起来。

她朝贡波看了第二眼，变了音调:“好了，走吧，这里没什么可嗅的。”她喃喃道。

5. 伊斯梅尔·铎克斯

如果我们相信历史学家的最新研究，铎克斯是在一个周六被发现的，5 月 25 日周六，接近中午十一点。

在巴尔塔萨·布拉沃的带领下，远征队去年就出发了。他们想赶在 11 月暴风雪到来之前找到一条通往铎克斯的路，没能成功。当寒风四起时，远征者们蜷缩在科尔马坦街 12 号过冬，队长有一个表妹在那里租了一个房间。开始大家挤作一堆并无怨言，以苦作乐，但很快由于缺少吃穿和拥挤不堪，气氛变得令人难以忍受。暴风雪日夜肆虐，呜咽般的风声让人发疯。护窗板被刮得噼啪作响，出去关窗的人再没能回来。时间缓慢流逝，好几个人死于坏血病，另一些人为饥饿所迫，相互残杀。叛乱的念头正在每个人心头滋长，为了浇灭或化解这念头，巴尔塔萨·布拉沃必须奇迹般地弄到一些肉，表妹与一名少年水手被切成碎片吃掉。当冬天过去，出发时的三十二人中只有十二位强壮的小伙子幸存下来，虚弱地继续前行，一心惦记着回程。巴尔塔萨·布拉沃完全丧失了头几个月的热情，现在一种听天由命的忧伤占据了他。他们就这样垂头丧气地在前途未卜的路上走了许久，陷入愤怒或酒后发生的争执。几个人的死亡打破了旅程的单调，一名体质羸弱的水手，吃了从一片荒地收集的食物后中毒而死。另一个家伙，从楼梯上摔下来，摔断了双腿，大伙不得不结果了他。巴尔塔萨·布拉沃的助手也消失得无影无踪。5月的头两天，地图显示他们已经找到了通向铎克斯的道路，有个被苦涩击垮的倒霉蛋却自己上吊了。

5月25日正午前一小时，伊斯梅尔·铎克斯看到家门前远远走来八个辨别不清的身影，一层遮体的褴褛破布，证明他们与人类有点儿关系。这是周六，铎克斯利用休息日在清洗他的汽车，他停下手里的活计，关上水龙头，看着巴尔塔萨·布拉沃离开队伍朝他走来。来访者自我介绍了一番，他的语言功能已大大退化，呼出的气息里有恶臭。伊斯梅尔·铎克斯后退了一步，既没表示嫌恶，也没张嘴答话。他生性不爱说话，巴尔塔萨·布拉沃却误解了他后退的缘由。为了安抚他，巴尔塔萨·布拉沃让手下人打开他们长途跋涉虔诚带来的礼物：几件干净的紧身衣，一个谁也不知道如何使用的六分仪，一些彩色玻璃耳环，一副缺了六张骨牌的麻将，一些口红样品，一只彩色橡皮盒子。他们把这些东西放在离铎克斯两米远的地方，后者看着它们并未表现出特别兴奋。

路对面，铎克斯的弟弟费伊德出现了，手里拎着一支卡宾枪。

“需要帮忙，伊斯梅尔?”他问。

“不。”铎克斯说。

过了一会儿，他从车库里找出一只自行车轮胎放到巴尔塔萨·布拉沃面前。车胎的花纹还很清晰，有个地方还安上了浅褐色的气门芯。探险者们后来带回的就是这个物件，人们可以在发现博物馆里看到它。很久以来，它一直是造访铎克斯这事确实发生过的唯一证据。

巴尔塔萨·布拉沃和伊斯梅尔·铎克斯面对面站了五分钟，每人都回应了对方的友好举动。后来，因为他们实在没什么好说的，就散了。

6. 莱蒂西亚·希德曼

故事说的是莱蒂西亚·希德曼刚刚在黑斑小麦养老院度过了两百岁生日，当她宣布说她将要制造一个孙子时，养老院看守立刻禁止了她。老妇人们整日盯着养老院周边的黑色落叶松针打发时间，对着它们说话。她们数着那些离开这片不毛之地、向集中营一带迁徙的交嘴雀和寒鸦的数目，那里的日子要比别处好过点。她们也在筹划自己的未来，她们知道从此她们再也不会死。她们哀叹人类已进入最后的黄昏，其实很久以来，营造一个光明的或几乎光明的现状的条件，早已具备过。她们在实验性养老院里受监视，愤怒地得知在人口仍算众多的地区，幸存下来的人却再也无法友好相处和繁衍后代。她们认为首都的空想理论家们已经失败，应该把他们中的大部分清洗掉以重振失落的平均主义天堂。维尔·希德曼就是在这样的背景下诞生的，老妇人们要进行必要的集体复仇。

当来自兽医和女院长的威胁变得十分严重时，莱蒂西亚·希德曼接受书面承诺，放弃拥有后代的企图。在敌人面前违背誓言对她从来就不是问题。

接下来的几个月，她忙着收集散落在寝室里的碎布和纱团。等到对她的监视有所松懈，她就把收集到的织物整理按压，用十字针脚缝好，做成一个胎儿模样。她把它藏在一个枕头里，交给奥尔麦斯姐妹，她们把胎儿放在月光下孕育。

夜里，她们聚集到房间，一个紧挨一个形成一个整体，变成一位集体组合的老祖母。她们念叨一些神秘咒语，在用她们身体搭建的蚁穴般空间的最中央，在被她们称作孵化箱的地方，莱蒂西亚·希德曼和最里层的人一起孵化和教育她们的小孙子。最外一层的老妇人在熄灯后担任警戒。好几名在妊娠的关键时刻出现在走廊里的夜班护士，等她们想回去禀报时，已经不再是活人了。

7. 维尔·希德曼

四五十年后，莱蒂西亚·希德曼主持法庭，其任务就是审判她的孙子。

她们目前处在一片高原，是地球上极少数流放还有其意义的地方。流云飘来荡去，侵蚀杳无人迹的丘陵，影子掠过大地，风日夜呜咽着像亚洲佬的笛子和嘶哑管风琴的叹息。尽管此地无高山遮挡，视野可及至天边那条标志着大草原终结和亚寒针叶林起始的黑色长带，其间并不见任何扎营迹象。很久以来不见有牧民把牲畜赶到这里。

法庭设在野外，离蒙古包二百来米，必须沿着牲口踩出的小路才能到达那里。一片黄色洼地的中央竖着一根柱子，上面绑着维尔·希德曼。人家向他保证说执行判决时他可以靠在柱子上。老妇人们在草地上或坐或跪，慢悠悠审判着。议程一项接一项，枯燥乏味，因为一切都已事先安排。审判从春天持续到现在，维尔·希德曼被五花大绑，绳子散发着骆驼的汗臭味，篝火是用干牛粪和油脂点燃。从童年期起就折磨希德曼的皮肤病突然加重，人们白天有时松开他的双手让他挠痒。他的辩护由自己承担。

“是的，我的签名是出现在恢复资本主义法令的最下角，”他解释道，“这法令让黑帮重掌了经济。”他张开双臂做了个表示抱歉的动作，希望因此能在判决时稍获原谅。而那些老妇人对他的表演根本无动于衷，他只好垂下双臂。过了一会儿他又说：

“我这么说很不堪，但很久以来许多人早就希望恢复资本主义。”

他等了几秒钟，等着他的谎言过后嘴里重新生出唾液。因为实际上他在行动前没有征询过任何人，他是重启人剥削人模式的唯一当权者，罪行唯一的煽动者。他又重复道：

“这么说很不堪。”

天上，飘荡的流云时而像狭长的带子，时而像撕破的裙边，时而像长长的披肩。云层后蒸腾的瘴气更是凝聚成铅灰色密集的一片。突然，人们惊讶地看到一只鹰飞过，它没有捕猎，没有围着旱獭的窝盘旋，却径直线飞走了，飞向早年集中营的区域，也许那里的食物依然充沛。天气逐渐转暖，而老妇人们仍旧裹在羊皮袄中。她们盘腿而坐，卡宾枪搁在膝头，抽着烟一言不发，仿佛全神贯注品尝着她们塞在烟斗里的草叶和蘑菇的滋味。她们结满污垢的大衣下摆露出一些巴洛克刺绣，她们手上甚至脸颊干皱的皮肤上，也这里那里地涂着线条状的花纹，因为她们还未完全丢失卖俏的心思。

她们就这样面无表情地端坐在莱蒂西亚·希德曼面前，她黝黑的脸上，皱纹并不比其他只活了一个世纪的女人更多。莱蒂西亚·希德曼有时向被告提一个问题，请他无须害怕如实回答，或请他说话时口齿更清楚些，或又令他闭嘴几个小时，让听众们冥想一会儿。

“我提醒你们，”被打断话题的维尔·希德曼观察着那一张张面无表情的脸，接着说道，“我提醒你们，现在城里除了那些无人居住的大楼和残垣断壁，再没什么还直立着的东西。在乡村和森林，无数地方已被紫色植被，如丁香、蓝莓等占领。我还要提醒你们牲畜仿佛已被死亡之风或鼠疫席卷过，还有你们自己……”

一阵狂风刮走了他的话，风飘来牧场那边骆驼的叫声与絮絮团团的羊毛。陪审团成员们全部眯缝起眼睛。希德曼努力迎着她们透明或不透明的目光，每一位老祖母的目光都一样，他没能捕捉到任何差异。他朝她们递过自己的注目，但她们拒绝接受。

“总而言之，”他总结道，“什么都不剩了，必须重建点什么。”

老祖母们耸耸肩膀，她们完全沉浸在抽烟带来的幻觉中，沉浸在对她们工会集会的追忆中，沉浸在资本主义复辟前她们在养老院的那些晚会中。她们还沉浸在清点剩下用于枪毙维尔·希德曼的子弹中，沉浸在浮现脑海的童年歌声中，沉浸在对傍晚劳作的打算中：挤羊奶、收集晒干后用来取火的羊粪、收拾蒙古包、摇晃结块的牛奶、擦亮平底锅、准备茶水。

8. 艾米利亚·巴格达切维利

因为几乎什么也看不清，有人请我打开窗子，肯定是巴格达切维利。我往前走到一个很小的四方形框子前，摸索着打开它。一开始我并没有特别留意，接着却猛然后退几步，因为我摸到的护窗板十分蹊跷，我的手指一下子就能插进去。

“有陷阱?”巴格达切维利紧张地问。

“我不知道。”我回答。

这时护窗板朝后歪斜，金属铰链已经烂透，木板也都风化。在慢慢扩大的裂口中，光线透了进来。护窗板掉落到屋外地上，发出一记沉闷的响声。外面地上堆积的灰尘立刻在窗口腾起一股暗红的烟柱，久久不散，形成一道幕帘。烟柱绕着自身扭曲旋转，膨胀着，体积越来越大。烟尘后的景物依然看不清。

在橙黄和红灰的光线下，艾米利亚与拉里萨·巴格达切维利模样看上去可不怎么样，仿佛长时间被涂上一层带血的黏土后，又被抛弃在太阳底下晒干碎裂，只是后来才具备了人形。我们自己也不见得更好，我们是指索菲·吉伦特，就是说我爱的那个女人和我自己。我们从进入这条隧道起就一直无精打采地陪着巴格达切维利。

原木垒成的墙壁没有留下通向外界的缺口，所以我们身处一个没有门的空间里，仅有的两个出口就是刚才我从地道进入屋子时推倒的挡板和这扇小窗。也许小木屋的主人有时会从窗口进出，但显然主要还是通过地道进入小屋。

小屋的主人是一个名叫弗雷德·詹福乐的人，他在几个月前自杀了，我们对他知之甚少。我不记得巴格达切维利在行动之前召集过我们，只是在进入隧道在黑暗中摸索前行时，他才对我们提到了詹福乐。巴格达切维利承认他自己得到的有关詹福乐的信息也属二手，有些走形，未必可靠。弗雷德·詹福乐的一生基本是在隐秘状态下度过的，主要是在监狱。他在狱中靠着几本马马虎虎的教材，竟然自学了好几门外语。他写了几篇令人心悸的阴郁文章，因为他一直无法接受人类会覆灭这样的现实，他为此写过几本未完成的、平庸的自传性文集。实际上，与其说詹福乐是个创作者，不如说是个语言学家。比起写小说，他更喜欢编词典。他获释后曾计划编写一本有关集中营里各种黑话的词典，他自杀前就一直在做这件事。巴格达切维利的信息提供者还提到詹福乐的另一特点：他对人们强迫他经历的现实世界充满不信任，竭力捍卫他梦境世界的完整性，并在其中为不受欢迎的人设置了许多陷阱，包括粘人的玄学和各种罗网。

巴格达切维利环视了一圈小屋，屋子几乎空空如也。所有的家具就是一张集中营里的床，一把椅子和一张桌子，上面摊着一份文件和两个本子。巴格达切维利走过时，轻微的震动触发了什么暗藏的机关，一些巨型狼蛛被弹向闯入者。要不是它们早已枯死在藏身处，肯定会爬到他身上，后果一定十分严重。每当有蜘蛛出现在索菲·吉伦特的视野中时，她一定能发现某种潜藏的东西。 她看到这些黑色昆虫跳起到巴格达切维利的小腿上，再落到地上，呈一片黑色，不禁咬住了嘴唇。

巴格达切维利的妹妹走过去，双肘撑着窗台，弥漫的尘雾逐渐平息。越过年轻女人的发辫，终于可以看清外面。窗外的景致是弗雷德·詹福乐出狱后每天熟视无睹的风景：铁锈色的沙丘和一块干裂的土地、一条铁路、一根信号灯杆，有人在上面焊了一架小风车。

“我们真用不着来这里。”巴格达切维利说。

我们有些失望，巴格达切维利走过去坐在詹福乐的桌边，翻阅着桌上打开的本子，上面留着从前那个疲惫压抑的苦役犯的字迹，尽管有着几十年的牢狱经验，文字依然不成熟。

蝎子从藏在天花板的某个容器，像雨点般落到巴格达切维利光秃秃的脑袋上。有那么一阵，除了他翻动纸页的声响，屋子里悄然无声。那些昆虫一个个落下来很像漏水的龙头滴落水滴。落在巴格达切维利身上或落在桌子上的蝎子一动不动，它们肯定也是僵死的。巴格达切维利把它们与死蜘蛛拢到一起。

有时候蝎子粘在巴格达切维利的毛衣上，他把它们仔细拣出来，一面继续看着那本子。他朝我们背过身去，过了一分钟，我们再次听见他的声音：

“他只收集到了带刺铁丝网里的一句黑话。”他喃喃道。

“这个黑话是什么?”拉里萨问。

她哥哥没再回答，只是耸耸肩，动作做到一半突然僵住了，仿佛一下子被击瘫。我们也在很长一段时间里呆若木鸡，说不出话，思维停滞。时间一分一秒流逝。

地板上一小部分僵硬的尸体慢慢蠕动起来，也许它们的机能对光线、打火石的气味或对我们嘴里发出的声响有所反应。

这些在地上蠕动的昆虫对我毫无价值。

“索菲!”我喊。我觉得说话有些困难，舌头只能吐出几句高棉语碎片，而这对我是一种几乎完全陌生的语言。我多么想靠近索菲·吉伦特，抓紧她，逃走。

可她消失在某个地方了，我不知道是哪里。

9. 埃冯·斯沃格

在医院大街的拱廊下，克里里·贡波不出声地站得笔直，观察着周遭。人家告诉他说他会出现在一家书店门前，但现在他边上却是一家鞋店。因为这已经不是他的第一次行动，人家允许他有三分钟的潜入时间。从他破破烂烂的僧侣装束，看得出他一路上的风尘仆仆。从他身边经过的行人，似乎有些不安地注意到了他。他假装看着橱窗里奢侈品鞋子的价格，加厚的鞋帮，双层鞋底，天价。透过玻璃的反光，可见商店内部。女店员正蹲在一位顾客脚边为他试鞋，朝贡波投来嘲讽的一瞥，遂又转过脸去。她有着丰满的大腿，穿虎纹连袜裤，第一眼看去，让人以为是腿上的皮肤病，随后才意识到那是一种装饰花纹。克里里·贡波聚精会神地看着大减价的标牌，这时十九秒钟已经过去。

埃冯·斯沃格从右侧走来，在橱窗前停下，看了看手表，开始等待。他的神情看上去很像在某家实验性心理诊所工作，当然，他是被研究对象而不是研究者。他和某个人有约会，而那个人显然迟到了。他等了半分钟，再次看看手表。

第五十九秒时，一辆救护车呼啸着驶向医院，埃冯·斯沃格从橱窗后退一步，紧张地走到拱门边缘注视着救护车，仿佛他认识里面的护士或者病人似的。

克里里 · 贡波镇定地站在两米之外，他注意到那个男人的肩膀不安地颤抖了一下，突然后退一步呻吟着蹲下，把半个身体藏在廊柱后面。被子弹或利箭射中的人，在突如其来的疼痛下，通常会有这种表现。

埃冯 · 斯沃格脸上挨的并不是枪子，而是一团绿色的、黏乎乎的东西，弄脏了他的额头，从发根到左侧眉毛脏成一片。黏稠的液体继续下淌，在下巴处留下一摊印迹后，一直滴到胸前的衣服上，然后结成一大块。

埃冯 · 兹沃格愣了一会儿，随即伸手抹了一把脸，更加火冒三丈。他开始寻找纸巾，动作像机器人一样僵硬，因为那黏稠的污物已经流到他的手指上，他不想让它们继续玷污衣服。他一面小心在衣袋里掏纸，一面愤怒地破口大骂。这里的市政府属于社会民主党，招致了他的激烈抨击，当然，这种咒骂针对的是社会民主党，针对这些在拱廊上增加各种凸起的愚蠢建筑。

令人不可思议的是，埃冯 · 斯沃格拒绝接受最明显的假设，就是说有只鸽子在他头上拉了一泡屎。当他忍着恶心擦拭身上的污秽时，人们听见他在自言自语该为此事件负责的动物。他历数着各种禽类、哺乳动物的名字，甚至还有相关部长的名字，有些名字臭名昭著。他还到拉屎的鸟儿可能藏身的地方探查了一番，但没有发现任何罪魁祸首，遂退回廊下又开始他的骂骂咧咧。他的咒骂离题万里，他越擦拭身上的污物，越觉得自己是一场阴谋的牺牲品，他要揭穿它。

这不，他朝克里里·贡波看了一眼，留有污渍的脸上的表情分明在乞求得到赞同，赞同他将要进行的谋杀或雄心勃勃的放火计划，不管是去烧鸽子棚还是去烧行政大楼。

“你看到那肮脏玩意了吗?”他问。

我们已经到了第一百六十九秒。克里里·贡波曾被告知他有权以短句或感叹句的方式来喘口气。

“这些鸽子！……”贡波说。

另一位猛然跳起来，把他皱巴巴的脏手绢狠狠地扔到排水沟里。嘴角依然挂着愤怒。

“谁知道呢，谁知道这是一只鸽子还是一头奶牛，或是统治我们的某个资本主义黑帮?”

他凑近贡波，大叫道:“说不定还是个外星人呢，嗯?”

克里里·贡波并未参与到这个事件中，他没朝任何人身上扔过粪便。再说，从本质上来讲，他也不是外星人，但面对无端的责难，他忍不住涨红了脸。

幸亏，他潜行的时间到了。

10. 玛丽娜·库拜哈伊

这里存放着尼古拉伊·柯奇库鲁，又名阿迪雍·维希奥利;这里存放着那些暴打他，又被别人打败的暴徒;这里存放着那架手风琴，暴徒来打断晚会时，它正在演奏(前苏联)共青团进行曲。这里装着一摊血，还有那只没人喝完、也没人收走的茶杯，就这样一直放在墙角，一周复一周，一月复一月，积满了浑浊的雨水。一年后，即 1938 年 5 月 6 日，两只胡蜂飞来淹死在里面。这里装着维希奥利的小说，故事叙述者表达了他临终前的心愿，希望能在路边树林里坐在集中营的篝火边，与一群唱着动人俄罗斯歌谣的士兵在一起，他们唱的是一首动人的、独一无二的朴素抒情曲。这里存放着被捕那日的天空，没有一丝雾霭的天空。这里存放着维希奥利那本令人难忘的小说《血洗的俄罗斯》。小说在争抢时掉在了地上，因为维希奥利可不是籍籍无名的作家，也不是没啥分量的共产党员，更不是办公室里谨小慎微、无足轻重的小人物。在他还未被警察撕成碎片前，维希奥利奋力抗争，他的杰作掉落到血泊中，并一直留在那里，被遗忘。这里存放着那些小狱卒，他们只读到过受尽折磨、浑身肿胀、流血的维希奥利拒绝签字的那些声明与短文。这里存放着维希奥利天生的英雄主义和他对于博爱的渴求。这里存放着维希奥利幻想的和亲历过的史诗。这里存放着恶臭牢房里的黑暗与光明，有铁笼子的气味，有被折磨得直不起腰的人的气味。这里保存着骨骼关节被碾压的喀啦声。这里保存着当那辆汽车靠近杉树时，乌鸦的叫声和扑翅声。这里保存着它们在污秽与疫气中东飞的几千公里。这里保存着被维希奥利驯服的乌鸦戈哈，一只通体黑色、骄傲的雌鸟，冷眼旁观着那辆车的到来和离开。它已有七天未离开那高高的树枝，在意识到一切无可挽回时，一头栽到地上，甚至都不愿张一下翅膀。这里存放着这次肆无忌惮的自杀。这里存放着维希奥利的男女朋友们，那些被平反和没被平反的死者。这里存放着他狱中的难友，存放着他党内的同志，葬礼上的同志。这里存放着他与白军奋战时穿过他还是少年肌肤的子弹。这里存放着维希奥利的沮丧，而他的俄罗斯笔名表达着一种活泼，不该受到任何损害的活泼。这里存放着阿迪雍·维希奥利所言令人着迷的文学篇章。这里存放着他来不及道别的、美丽的玛丽娜·库拜哈伊，存放着那天的记忆，她不再相信他们死前还能重逢。这里存放着车轮碾过冰封道岔时的声响。这里存放着在他死后拍拍他肩膀的那个陌生人。这里存放着那些勇敢的人，在那辆车驶近时有勇气朝自己嘴里开枪。这里存放着那些有雪的夜晚、有太阳的夜晚、有狼的夜晚、有害虫的夜晚、有冷峻新月的夜晚、带着记忆的夜晚、没有光亮的夜晚和沉默的无处可寻的夜晚。

每次说到这里存放着，玛丽娜·库拜哈伊都会指指额头。她抬起手，指着头上的某个部位，那些模糊记忆便喷涌而出。我不完全相信细节的确切性，因为两个世纪以来她重复着同样的唠叨，并且出于卖弄和热情的诗意，每次叙述总与上一版本有所不同，但我对她用于编织追忆材料的质地及其真实性毫不怀疑。我伤感地看着玛丽娜·库拜哈伊皱纹密布的脸，变了形的手指，石头般僵硬的关节。她的肉体同我的一样，变得粗砾，被包裹在一层褐色发亮的皮囊里。伤感，是因为我想起这个女人在二十、三十岁时是那么妙曼，充满魅力。说到我，今天我是以莱蒂西亚·希德曼的名义说话。我挤完羊奶，玛丽娜·库拜哈伊过来坐在我身边聊天。她经常在这个时候来，下午快要过去，晚上还未到来，没有别的活要干。

玛丽娜·库拜哈伊没说话，凝望着落日余晖。在越来越暗的光影中，她眼睛呈现一种魔法般的透明。

过了一会儿她再次开口，仍然指着她的脑袋。这里存放着阿迪雍·维希奥利未能写完和未写的书。这里存放着他被没收的手稿。这里存放着阿迪雍·维希奥利被撕破的衬衫和血染的裤子。这里存放着维希奥利无所畏惧的暴力，存放着他的一腔热血。这里存放着他直面审讯者的第一个夜晚，在拥挤的人堆里中度过的第一个夜晚，在地牢里浸泡在人体各种排泄物中的第一个夜晚，在一个被敲碎了所有牙齿的共产党在场的第一个夜晚。这里保存着被火车转移的第一个夜晚，然后是在一个冰冷车厢里的所有夜晚，在尸堆边度过的不眠之夜，跌入疯狂的第一个夜晚，陷入彻底孤绝的第一个夜晚，许诺终于成为现实的第一个夜晚，长眠地下的第一个夜晚。

11. 德佳利亚·索拉里斯

博罗迪纳救了一只老鼠，他一向喜欢老鼠并乐于做拯救者。后面发生的事件表明他的影响力对于老鼠多舛的命运可以忽略不计，但至少那一小段时间，他免除了也许是小老鼠临死前最恐怖的那一分钟，他把它从一只红棕色猫的口中救下，把猫赶到水斗与垃圾桶之间的死角里。早晨刚敲过七点，厨房里还没任何事发生，延续着夜里的安静。所有的活物还在睡觉，所有的物品在远离光亮的地方衰败着。一片静谧中唯有旧冰箱的马达在吃力地吭哧转动。一切似乎都还在沉睡中，除了博罗迪纳和那两只动物。猫很肥硕，毛色光亮，胖乎乎的脸上有白色的虎纹，带着睥睨一切的神情。它一开始不肯就范，先是躲开了博罗迪纳伸过来的手，但也许是突然冒出的对于人类的恐惧(这是人类常在别人身上诱发的感觉)让它认了输。博罗迪纳把手伸到它嘴下，它不情愿地丢下那团黑色的猎物。小老鼠惊恐地喘息着，身体已被猫的唾液沾湿，而它立刻用尖牙咬住博罗迪纳最靠近它的那根手指，右手食指。博罗迪纳抗议，并略微握紧了拳头。

博罗迪纳稍后走到屋外，不知该拿他的猎物怎么办。他来到街上穿过马路。

已是秋天，椴树金黄，栗树落下一地壳斗。大部分雌燕已经更换了天空，雄性成燕紧随其后。街上的交通完全不同于最好的时节，车流稀少，并且为了迎接冬天，汽车开始变宽和变形，方向盘既不在左侧，也不在右侧，驾驶座被移至中央。那些车通常由披着半透明或灰色长发、金色瞳孔熠熠放光的大眼睛女司机驾驶，她们表情严肃，眼睛一眨不眨地看着路况，慢慢偏移到人行道，仿佛她们对控制汽车有点陌生。

滑出五十米左右后，其中一位女郎在博罗迪纳面前刹住车。她的名字叫德佳利亚·索拉里斯，后保险杠车牌上如此注明。沥青路泛着微光，车停在离博罗迪纳一步之遥，可以在上街沿听见轻微的气门声。前行校准线分毫不差，因为前车灯镶嵌着昆虫式探测仪。前车盖上有一个被猫头鹰砸过的坑，可见这车在城外行驶时车速有多快。女司机完全面不改色地盯住博罗迪纳体内的某一点。

对于博罗迪纳来说，他很清楚自己在宇宙中的位置，很难想象他与女司机之间会有什么接触。他试着编一个故事，故事里有她，有他们俩，共同塑造一段情投意合的，或者平淡无奇的时光，但他脑子里没能成形任何东西。这些有着金色大眼睛和半透明长发、杀死猫头鹰的女人们，和博罗迪纳不是同一个世界的人。

德佳利亚·索拉里斯从方向盘上抬起手，做了一个在她看来明确无误的招呼动作，博罗迪纳绕车头走过去。德佳利亚·索拉里斯透过挡风玻璃，继续注视着他，双眼发出一些他无法解读的琥珀色光波。他遭遇到这些光波，犹如遭遇一场他既不知节奏也不知能量的秘密风暴，他随即低下了头。这张脸上呈现太多他读不懂的表情，他无法判断其心思，也许是一种殷勤或请求，或相反是一种愤怒，也可能是厌恶或昆虫学家令人不寒而栗的好奇心。

由于无法确认这个问题，博罗迪纳想着要在心理上接近这只躺在他手心里，不耐烦地啃咬着他手指的老鼠。但同样，真实交流，相互关系，甚至关系这个概念从第一秒起就变得孱弱。老鼠的脸很干净，没有抓痕。不过靠近背部，猫咪咬过的地方留下几滴血迹。当老鼠发现猎人的眼睛和嘴巴越来越凑近它时，拼命卷成一团，再次吓昏过去。可怜的笨蛋，博罗迪纳心想。

德佳利亚·索拉里斯按了一下某个按钮，摇下靠近博罗迪纳一侧的窗玻璃，后者紧张地看了一眼空寂无人的大街，随后凑近车窗。车内散发出一股珍贵木料的香气，是槐树皮和青龙木的香味。

“您好，德佳利亚。我可以叫您德佳利亚吗?”博罗迪纳问。

“把这个给我。”德佳利亚 · 索拉里斯说道。

她说“这个”时用的词谁都能听懂，但音调空洞得听不出任何用意，博罗迪纳有些害怕，把手递向车窗，张开手掌让小老鼠落到座椅上。老鼠的四爪刚碰到鼠皮缎椅面，德佳利亚 · 索拉里斯用正好十一分之一秒的时间迅速关上车窗。她似乎对博罗迪纳不再感兴趣，汽车一启动，便冲出一米多远，左前轮很有弹性地滚下上街沿。

博罗迪纳的见证到此结束。索拉里斯是否同小老鼠建立起某种关系？是否把它吃了？她是否让博罗迪纳消失了？是否经过思考后把他也拉进车里？在这种情况下，她是否与他建立了某种关系？或者把他也吃了？

12. 瓦伐利亚 · 朗多克

瓦伐利亚 · 朗多克放下枪，深深地叹了口气说：

“被蒙蔽的人们！没有脑子的人们！”

我们面前穷人的大地延伸，财富完全属于富人。这是个被剥过皮的星球，森林失血成灰烬；这是个垃圾遍地的星球，遍地狼藉的肮脏世界，只有富人才能穿越大洋，沙漠却被富人的玩具与错误所污染。我们眼前的城市，被国际性黑社会握着钥匙；马戏团里，富人操控小丑，电视专门用来为他们消遣和让我们昏昏欲睡。我们面前是他们的大人物，盘踞在穷人用血汗灌满或即将灌满的高位。我们面前是那些光环耀眼的明星与一本正经的头面人物，他们所抛出的每一种观点，每一次醒目的异议，从来不会与富人们的长期政策相矛盾。我们所面对的是他们的民主价值观，是为他们的永久迭代更新及为我们的永远麻木而专门设计。我们眼前的民主机器让人不分青红皂白服从他们的利益，禁止穷人任何规模性的胜利。我们面对的是他们为我们的愤怒指定的靶子，总是用巧妙的超越穷人理解力的方式，并用两面三刀的语言摧毁穷人的智力。我们面对的是他们对付贫穷的方式，是他们制定的对穷人的产业援助，是他们的紧急救助计划。我们面对的是他们免费分配美元的方式，为了让我们继续穷下去、他们继续富下去，我们面对的是他们盛气凌人的经济理论，他们昂扬的斗志及他们要在二十代之后或两千年之后拥有全世界财富的野心。我们面对的是他们无处不在的机构、情报人员及自发的传道者，是数不胜数的媒体，是一边高喊遵循最严格的社会公正原则，一边轻而易举地为自己孩子赢得天平有利一侧的一家之主。我们面对的是一种如此圆滑的厚颜无耻，甚至无须分析其机理，哪怕只是想到它们，就会让人濒临崩溃，接近疯狂。我远离一切鼓声和一切支持，在一片无遮无挡之地面对这一切，因我的演讲而饱受侮辱和责难。我们面对的这一切即将引发一场全方位的风暴，一场毫不手软、坚持到底的斗争，用至少几十年时间毫不留情地以我们的规则重构世界，远离一切富人的宗教或金融逻辑，摒弃他们的政治哲学，不理会他们最后几只看门狗的喧嚣。我们面对这一切已有几百年，我们一直没有搞明白如何才能让合法暴动的念头，在同一天同一时间传递到几十亿它还未涉足过的穷人那里，并让这念头在那里生根开花。我们得找到解决办法，然后付诸行动。

瓦伐利亚 · 朗多克停止了演讲。蒙古包后的羊群有些躁动，因为夜里讲话的声音先是打搅到它们，随后又让它们昏昏欲睡，现在这个声音突然消失便又惊醒了它们。

老妇人们在蒙古包几米远处点燃了篝火，火光映照着她们干瘪粗硬的皮肤，照到她们半闭半睁的眼睛。这是 6 月一个美丽的夜晚，天空的星座从一处地平线铺展到另一处地平线，白天的暑热直抵星空，蒸腾着带来草地的芳香，而我们脸上停着掉落的苦艾和夜间的苍蝇。

瓦伐利亚 · 朗多克一身远行的装束，蓝丝绸上衣外罩一件旱獭皮披风，下穿莱蒂西亚 · 希德曼送她的绣花裤子。她特别小的脑袋在一堆衣物中只露出一点点，仿佛被齐瓦洛斯小组或奥尔麦斯姐妹挤压过。为了让她看上去不那么像具木乃伊，奥尔麦斯姐妹在她两颊以及眼皮下填上毛毡，四肢的破损处也被加固。她的右手在面临战斗时应该能托住并收回卡宾枪，手腕上戴了玛丽娜·库拜哈伊用乌鸦羽毛和狗熊毛粘贴的手镯。

“这就是我要说的，”瓦伐利亚·朗多克叹口气道，“这就是我的开场白。”

人群中先是一阵赞赏的窃窃私语，随后归于静默。老妇人组成的议会现在要静思两小时，要对瓦伐利亚·朗多克的发言进行最后一次慎重思考，以便找出她们有可能漏过的薄弱之处。尽管她们集体精心准备了这份宣言，她们知道在瓦伐利亚动身去那个广袤的邪恶世界之前，不完善之处还可以得到纠正：比如风格上的过于软弱或过于沉重。

瓦伐利亚·朗多克俯身凑近火堆，在上面加了一些枯枝。她看上去瘦小干瘪。然而如果一切按计划进行，从她身上迸发出的火星将点燃整个原野。

13. 贝拉·麦迪洛西安

八楼的鸡突然鸣叫起来，起初还是克制的音调，后来变得歇斯底里。可能是有人靠近了它们，也可能是狐狸或黄鼠狼，而狗却没有吠叫。

贝拉·麦迪洛西安掀开盖在光溜溜身体上的破布，坐在床沿，她在出汗。清晨的曙光钻进房间里，晨曦战胜了黑暗。就如平常出现于现实或梦境中的那样，两只大壁虎贴着天花板，虎视眈眈地望着地面。天气很热，汗水让人的手有点不那么灵活，腋下和胯部有少许汗渍。有人喘不过气，我说“有人”，我想到的是贝拉·麦迪洛西安，当然不是任何其他人。因为她居住的这整幢大楼，她是唯一的住户。

她睡得很不好，她记得在令人窒息的无边黑暗和寂静中，她好几次睁开过眼睛。从5月到10月，长夜就是这样，在期盼睡眠和迟迟未到的清凉中流逝。窗玻璃一块不剩了，但聚集在窗前的蚊子织成一张密集的网，令空气稀薄。

贝拉·麦迪洛西安起身，大概裸身站了两秒钟，有些遗憾地看看桶里的清水，那是她昨晚从四楼的水龙头里接来的，她把那里当成盥洗室。她很想稍作洗漱，但是没有时间了，母鸡声嘶力竭的鸣叫让她必须以最快的速度下楼。她不情愿地穿上昨天和前天穿过的内衣，外面罩了一条无袖长裙，是她把一件棕色府绸大衣剪了袖子后改做的。有几粒扣子掉了，胸部有些袒露，她用线缝了起来。

楼下，母鸡越叫越凶，贝拉·麦迪洛西安套上橡胶靴子，带上身后的房门。她穿过走廊，来到最前的几级楼梯。这里是本幢大楼的最高一层，十一楼，尚未完全坍塌。上周刚下过雨，楼梯踏步在她脚下吱吱作响，鞋底吸附地面的响声传导到双腿，仿佛靴子内有血色泥浆渗出，每走一步鞋跟都在松开。潮湿无孔不入，屋顶与残垣断壁缝隙中的积水沿墙壁淌下。还可以听到电梯井底部某根旧水管水流过的嗡嗡声。平台上有一摊黑色积水。

贝拉·麦迪洛西安下了两个楼层，终于听到远处传来的狗吠，来自另一幢大楼，狗有时会去那里瞎转。十五天后它从那里蹿出，饿得皮包骨头，筋疲力尽，浑身长满跳蚤和一身伤疤。

鸡粪的臭味越来越浓烈，天也越来越亮。她又走下两层楼梯，来到鸡舍前。鸡们从一头飞到另一头，乱扑乱撞，搅起一团团飞尘和恶臭。透过栅栏，可以看到它们惊恐不安的眼睛，一撅一跳的屁股和乱舞的翅膀。它们表现出一种无法解释的惊恐。落满鸡粪的栖木在不停晃动，肮脏的羽毛像雪片似地斜斜飘落到铺满鸡粪的地上，弹跳一下或再次被旋风吹起。有三枚鸡蛋被打碎了，但未见任何血迹，也没见到鸡的尸体。鸡棚里潜入某种肉食动物的假设不太可靠，至于是某个游荡的流浪者，更加不可能。一年多来，这城里就没有过新来的人。

会不会是恩佐呢？贝拉·麦迪洛西安突然想到。如果他能重现，如果他能找到一种联系我的方式？

“恩佐?”她轻声道。

她并不抱太大希望，看了一下损坏的电梯门，然后走进702房间。那里的一部分栖木还有支撑，需要时完全可以藏个人在里面。鸡没有要安静下来的意思，也没有人回答她。

走廊尽头的小窗子被人用铁镐挖大了，在墙的半高处开了个大洞。墙外太阳正在升起。贝拉·麦迪洛西安要把自己沐浴在光明中，睁大眼睛任凭阳光晃到自己，随后她又闭上眼睛。

“会不会是恩佐的灵魂试着来看望我?”她不停地这么想。

她站在她无视的景致前，面对着灿烂的阳光，面对着无人居住的废墟，面对着在清晨的寂静中越来越黑的外墙，面对着残垣断壁的旷野，看上去就像一座在文明终结之时或在野蛮终结之时的特大城市。面对着对恩佐·麦迪洛西安的回忆，面对这份让她炫目的回忆，她的眼皮底下也渗出了砖红色的印迹。

像每天一样，她总想着朝深渊纵身一跃，并没什么理性能真正留住她。

“恩佐，”她喃喃道，“恩佐·麦迪洛西安，小弟弟，我是多么需要你，我想念你，如此想念你。”

14. 拉扎尔·格洛莫斯托

5月10日午夜——因此已经是5月11日了——远征开始。

人家命令舵手不用太计较风速，尽管这么晚才开始起风。借着这点精打细算的骤风，我们很快驶出狭窄通道往西进发。我们相互捆绑在一起，避免一开始就被无法挽回地打散，就像去年那样，那些倒霉水手①本想蹚出一条新路。

四名强壮小伙站在前头，当我们穿过马扬治广场沿奥威伯斯大道行驶时，他们脱下衣服，拿在手里兴奋地像风车一样舞动，但是没有任何人从阳台上回应他们的手舞足蹈，没有哪怕一点点喝彩声陪伴我们，小伙们安静下来。我们在黑暗中默默前行，很快靠近七-拉甘路，当我们驶过转角处中国洗衣店时，我们被一阵可怕的声响吓了一跳，紧接着是同样可怕的寂静及船突然被卡住的感觉。

黑夜像沥青般浓稠，我们俯身靠近出口，拉住把我们捆绑在一起的绳子，满怀惊恐地相互招呼着。好几个人打开打火机好有点光亮，但这点火光太微不足道了。现在是凌晨一点四十分。我们撞到了某个障碍物，应该是撞上了一座令人不安的旅舍。我们无法再前行，周围的一切都停止不动了。幸亏随队医生很快确认队伍中没有人受伤。

杰诺·爱泼斯坦承担队长的职责，派出我们中的一位老队员去七-拉甘路3号，评估一下那里的受损程度，了解发生了

---

① 原文用的是 nautonier，希腊神话中冥河上渡亡灵的神。

什么并帮助我们理清头绪，决定清晨到来之前和之后该做些什么。

那个人在港口是以拉扎尔·格洛莫斯托的名字被人熟识，在等他归来的这段时间，我们在上街沿围坐一圈，我们的聊天中充满焦虑，一分钟后大家都住了口，忍不住觉得这次远征开头就不顺。沉浸在如此深重的黑暗中，我们难以找回自信与沉着，而这是每个生灵在有利条件下都能做到的事。

过了一会儿，我们把注意力集中到从黑暗中传来的回响，想象力和听觉同时上阵，一个不断激发另一个。有时我们似乎隐约听到远处传来那名派去侦察的水手的独白和惊恐的叫声。从奥威伯斯大道一侧，传来有轨电车的吱嘎声，驶上一条岔道后继续朝财税总局方向开去。近马扬治广场边缘，一辆警车拉响了警报，也可能是一辆救护车。确实，在我们一路经过的沿岸，世俗的动荡及不幸接踵而至，对这些司空见惯、无法辨别的传闻一番沉思后，不止一人感觉心情沉重。尽管黑暗成为遮掩我们心绪的屏风，但还是有人难掩粗俗之人的眼泪、鼻涕。

杰诺·爱泼斯坦感觉承受着大家沉重的心情，想让我们轻松一下，低声唱了三四个有点调皮的民间小调，有人拉起低音管风琴替他伴奏，但合唱刚有点起色，他自己却崩溃并昏了过去。在唱最后一首歌时，我们的队长深深感觉被所有事、所有人抛弃，以至唱到第二段时，他竟唱不下去了。他的声音越来越弱，最后完全沉默。很长一段时间，没有人再添加一个音符或说一句话。

就在这时，拉扎尔·格洛莫斯托重新出现了。他变老了，身上散发着公共小便池与长途汽车站的臭味，衣衫褴褛。他在杰诺·爱泼斯坦身边坐下，有气无力地讲述发生的事。

我们撞到了马路单号侧的一只纸板箱，在这个简陋的藏身处，一个叫克里里·贡波的人半睡半醒着。撞击的冲力把他弹到沥青路上，正好落在七-拉甘路7号门前，当拉扎尔·格洛莫斯托上前救助他时，他还在那里挣扎。他们就这样认识了，并一起去寻找医院。克里里·贡波被立刻放到一辆推车上，送到放射科，以诊断他是否能从重伤中活下来。在他的坚持下，人家也为拉扎尔·格洛莫斯托拍了X光片子。他们的友谊就是这样在辐射源下一起拍片，在夜里共同分担照到身上的射线中产生。在重症监护室度过了十五周左右后，尽管住院医生对预后相当悲观，克里里·贡波还是成功逃出医院。在拉扎尔·格洛莫斯托的帮助下，他在附近不安地安顿下来。他们是在没有出院许可的情况下，半夜从医院偷偷溜走的。随即在菜市口混了几个月，格洛莫斯托以前在那里认识一个叫莱亚的女人。他们找到了这个女人，她答应让他们住在她的仓库里，条件是他们为她劈砍过冬的木柴，但别指望她能提供食物。克里里·贡波的身体逐渐恢复，但在一个刮大风的日子，他却消失不见了。冬去春来，再无他任何消息。于是拉扎尔·格洛莫斯托决定回来汇报情况。

他走近队长，从挂在脖子上权作行李的破烂褡裢和布袋里掏着什么，他展示了一些明信片、莱亚住所地窖的一把钥匙。突然，他展开一张有些裂痕的复印纸，上面呈现的是贡波和他的骨骼，并排躺在X光检查台上。我们可以看到拉扎尔·格洛莫斯托十分完美的骨架，而在他左侧，是一团不甚清晰的骨组织和与之交错在一起的器官。

拉扎尔·格洛莫斯托用颤抖的手指着片子解释说，这是我的身体，那是他的身体。我们年纪差不多。照片有些模糊，因为他动了一下，他动了一下是因为他正在笑，他经常开玩笑。这是灾难中很可亲的一位朋友，一种十分美好的友谊维系着我们。他以为自己快死了，但他在讲一个好玩的故事时，也许动了一下。

15. 芭芭亚·肖顿

不得不爬楼梯，因为电梯坏了。电梯马达三十多年前在地下室不知被什么人烧坏了，也许是流浪汉，也可能是士兵，可能是无心之过，也可能是蓄意为之；或者因为有人自以为曾经有过一场战争或复仇，人们就这样赢了战争或报仇雪恨。机油燃烧的气味和放射线烟雾已经消散，大楼里人们重新可以呼吸。我住在十四层楼，损坏最少的一层。

每次我回家，走到九楼平台，在踏上剩下的楼梯之前，必须经过 906 室门前。我在那里停顿片刻，喘口气。五个月来，这房子里有人住着，门在半高处有个锯口，就像从前马厩的门。一条女人粗肥的手臂压在锯口上沿，那是芭芭亚·肖顿。她日夜都在，穿着衬衫，汗津津的，肚子肥胖滚圆，很像从前非洲还在时的河马。她长时间待在那里，只有当她的孩子来替她倒尿盆或把她带回屋里洗澡喂饭时，她才离开一会儿。

从她那儿发出的，除了长长的叹息，肚子里叽里咕噜的肠鸣音或拉屎拉尿时的响动，从不会有其他声音。她一动不动地坐在一摞旧轮胎上，那是儿子们堆在他们母亲身下好让她舒舒服服坐在上面欣赏室外的行人，但实际上没什么行人，因为除了我，并无他人住在她楼上。这儿就像远离战场的兵营里被人遗忘的小路，芭芭亚·肖顿好几个小时见不到任何人走近。她盯着落满灰尘的楼梯，那些踏步除了我之外，没有任何人涉足，因为她的儿子们是从通向八楼的另一侧楼梯进出。她就呆立在那里，追问着完全的虚无，昏昏沉沉，了无生趣，甚至连淌下的汗水都懒得擦拭，感觉自己就像一堆正在胶化凝固的脂肪，猜测自己的肉体正在膨胀。她很少眨动的眼睛，有时成为昆虫攻击的目标，被蝴蝶和苍蝇纠缠。虚空散发着恶臭，她吸吸鼻子嗅了几口，品咂一番。对面墙壁的裂缝里躲藏着几只大壁虎，她对它们了如指掌，知道每一只的价值。知道谁是它们中最笨拙的那个，谁是舌头最灵敏的那个，谁是没能克服童年创伤的那一个。她热爱它们。

等我一离开大楼，她楼上便没有什么动静了。于是芭芭亚·肖顿把注意力转移到楼下，转移到马路上。因为偶尔会有一点有意思的声响，流浪者的脚步声或说话声，他们拖着东西穿过灰烬和黄沙。她也倾听风吹过空荡荡房屋时的呜咽，或是贝拉·麦迪洛西安养鸡棚传来的鸡鸣声。时间流逝，芭芭亚·肖顿必须等上大半天或一整天才能注视到一个人影，也就是说，我。

每次我从 906 室门前经过，都会遭遇芭芭亚·肖顿的目光。她的目光贪婪可怕，在急切搜寻着我的目光。我没有垂下眼睛，而是与她对视几秒钟，我接受到她无声的倾诉，有关生存的本质性卑鄙。我保持沉默，对她的问题，我没有答案，很久以来没人能说得清，生存为什么必须围绕一个如此肮脏无情的核心运转。我点点头，微笑，嘴唇轻轻颤动。我对这个女人抱有深深的同情，但我什么也帮不了她。她试图同我说话，我的身体表现出愿意倾听她的样子，但她立即负罪般地朝屋里看了一眼，里面住着她的儿子们。在她几乎就要释放某种信号时，她克制住了，深深地叹了口气。她的无助突然被稀释到了她的肥胖中，可以听到她的某个儿子在厨房中清嗓子，另一个在敲击一只碗。芭芭亚 · 肖顿重又无精打采地盯着那些壁虎，它们正爬进 912 室坍塌的门廊。

对于肖顿的儿子们，我从不会有任何超出最基本礼貌的表示。尽管我们从此是邻居，我无视他们，我对这种相邻感到遗憾，他们勾不起我任何好感，我们之间没有相交点。可以看得很清楚他们喂肥他们的母亲就是为了吃人肉。过不了几个月他们就会将她放血，然后煮了。生存确实是本质上最肮脏的一件事，然而他们可不可以去别处做这些事啊。

16. 莉迪娅 · 马瓦尼

那女孩径直朝我走来，不住地打量着我，盯着我的目光黑色透明，里面有一种绝望的火苗在燃烧，比大喊大叫更有震撼力。她拨开人群，我们被一大波惶恐的群氓包围着，几十个穿着褴褛大衣或破裙子的男男女女把我们隔开着。人群实在拥挤，几乎很难向前迈进一步。现在是两点，艳阳高照，集市上的臭味越来越浓，变质食物散发着腐臭，尘土沾染到买东西的大活人身上，也落到死了的动物身上。那些尸体在肉摊被切成块或整架出售，被完全剥皮或剥了一半皮，或被切成碎片落到地上，被踩踏成土黄或黄麻的颜色。肉类本来就可以染成这种颜色，在这里，它们终于有了这颜色。稍远处，脏兮兮的篷布下，摊了一堆乱七八糟的杂货，主要是一些实用物品，几个世纪来被用旧的、马虎修理过的破烂工具。卖货人用乌鸦叫似的喉音报价，却用尖厉的声音招揽主顾。这种乱糟糟的吆喝声伴随着击掌声，有时是即兴地拍打锅盖、水桶或货柜之类，并很快让人不堪忍受。人群竟然无视这一切，它似乎遵循着另一种规律，以一种自发的、没有任何节奏的、近乎板块状的涌动，在人群内部产生了主要和次要的人潮，如同大漩涡和小漩涡。人群在挤压之下，只能无奈地整体移动。想和小贩做成一桩生意，必须抵御住汹涌的人群，抓住货架或干脆蹲在货架下。不过那地方也不易穿过，因为聚集了大量乞丐似的二道贩子，比如在肉摊区，他们向经过的人群兜售肥肉的边角料、内脏残渣和烫过水的猪肉皮。在二手五金件贩卖区，他们兜售半截的铁钉，收集在盒子里的金属碎片、锉屑。最好是蹲着穿过这道防线，然后再站起来。在肉摊的另一侧，如你没有马上被屠夫赶走的话，便可在伙计的挖苦嘲笑下出个价钱，引发一场关于肉的质量和分量的争吵。在这片吵吵嚷嚷到处是菜刀的地盘，是屠夫和卖下水者说了算。空气里充斥着血腥味，捕获野味的猎人用肮脏的破布包裹着猎物。

我既非卖家也不是买家。当我说“我”的时候，是指克里里·贡波，这是显而易见的。人家给了我十二分钟时间。那女孩毫不含糊地朝我靠近，仿佛她认识我似的，仿佛她等待我已很久，仿佛她不可救药地爱着我等着我，仿佛她一直是爱着我的。仿佛她不顾显而易见的事实和周围人的劝说，坚持认为我还活着，总有一天会从死亡中脱身，重新回来。仿佛我在经历了一段长时间的消失和漫长的旅行后，终于回到了她身边。我站在一个店铺前，一根水泥柱阻挡着突如其来的、不可控的人群。在这个简陋的窝棚里，一个男人正在讨价还价鸡头的数量，打火机、电池等其他物品的价格，还有一盘录制了瓦伐利亚·朗多克橄文的录音带。我还剩八分钟时间，瓦伐利亚·朗多克正在一台音质低劣的手提录音机里大声咆哮着她的文章。那女孩拨开人群来到我面前，她身材苗条，动作轻盈，体态活泼。略带紧张的南方人面孔上，镶嵌着一双极有穿透力的眼睛，警觉、黑亮。到目前为止，她表现出一种不可思议的坚定，但当她靠得我很近时，我看出她无法掩饰的激动。她嘴唇翕动着可怕的沉默，双颊颤抖，眼眶湿润，随后很快控制了自己的情绪。她犹豫了一秒钟，她不想说话，不愿打破这份奇迹。也许她在怀疑这场相遇的真实性，似乎突然不再相信我们两人的存在。人群把她挤到三四米开外，挤出了我的视线，但她很快又回来，这次，她紧紧地贴着我。她只穿一条破旧的裙子，在人群中被推来搡去，在污垢与尘土中，擦过其他人身上的破衣烂衫。裙子的扣子大部分已被扯掉，前襟斜斜地敞开着。她索性一把撕开衣服贴到我身上，我也是光着上身缠了一层破布。她叹了口气，双臂从背后环住我。她的手没有动，只是紧紧地箍住我。我们纠缠在一起没说一句话，我能感觉到她滚烫的胸脯紧贴着我。我撩起衬衫下摆，担心自己粗糙的衣衫会擦伤她裸露的乳房。她由着我做，而后更是紧紧地蜷缩在我怀里。她像在睡梦中一样呼吸，我们的汗水交融一起。尽管市场上刺耳的叫卖声此起彼伏，我依然听得见我们身体紧紧相贴时如小船停泊的响声，肉体滑过肉体的摩擦声，汗水的分享，相爱的身体在永恒的爱情中波涛汹涌。我听到了这一切。

我们身边是贩卖瓦伐利亚·朗多克录音带的小贩，他拉拉我的袖子，想让我听破喇叭里那个三百多岁的老妇人对暴动的号召。突然，他很唐突地对我说，当他抚摸他妻子，把她睡在自己身下时，他喜欢这种十分特别的噪音，如独木舟在夜里的低语。我的时间在流逝，十分钟已经过去。我没有理睬小贩，我不知该如何安慰这个把我误认作别人的女孩。我不知该如何不滥用她的信任、她的差错。该怎么对待她呢？我想到提一个问题来解决。我肺部还剩一点空气，说一句话应该问题不大。“告诉我，你是谁?”我在她脖颈边轻轻问道。她没有惊跳开，只是把头微微后仰，寻觅我的眼睛。她惊愕地看着我说:“我是莉迪娅·马瓦尼。可是你……怎么……你不是伊扎克·马瓦尼？你不记得你是伊扎克·马瓦尼了？……”我什么也没说，我不知道该如何缓和她的失望，如何减轻她的痛苦。我不知道接下去会发生什么。那女孩开始剧烈颤抖，我还剩一分多钟，太多了。

我们身后，瓦伐利亚继续在向听众解释，为什么必须掐死资本主义和结束美元流通及重建一个博爱社会。

莉迪娅 · 马瓦尼疯了似地看着我。

这一分钟极其漫长。

17. 雅莲娜 · 赫菲兹

莱蒂西亚 · 希德曼往孙子维尔 · 希德曼嘴里灌了两杯发酵的骆驼奶，好让他勇敢地迎接被枪决。随后她退下，回到枪手的位置。其他老祖母，其中雅莲娜 · 赫菲兹走到死刑犯跟前给他水喝。维尔 · 希德曼并没有表示抗拒，他接受了她们这些微微颤动着的祭品:羊奶酒及雅莲娜 · 赫菲兹奉上的马奶酒，他又喝了一杯三次蒸馏的骆驼奶烧酒。液体从杯中洒出或从他嘴角溢出，流到他胸前、腰间甚至腿上。呛人的酸味让他一阵猛咳，打了一个嗝后吐出一口酸奶，吐到自己已经湿了的衬衫和腰带上。其他老妇人效仿莱蒂西亚 · 希德曼，拿着卡宾枪卧倒在面对他的草丛中，保持合适的距离。

如果没有这些饮料的护佑，希德曼也许会十分悲观地看待他的未来，然而他刚才吞下去的那些液体，没有让他挣扎或大喊大叫、骂骂咧咧，反倒让他醉意醺醺地看着四周，一种听天由命的无忧无虑使他脸上的表情十分放松。他抬头看看依然昏暗的天空，嗅嗅衣服上与排泄物和汗水混杂在一起的、结成团块的奶渍气味，新生儿似地眨巴着眼睛，一副什么都无所谓的表情。在酒醉的作用下，皮肤病引发的瘙痒减轻到甚至可被遗忘。他忘记了身上的瘙痒，不再试图抓挠或在捆绑自己的绳索中扭来扭去，不再试图赶走夜里栖息在他锁骨处的寄生虫。他几乎不怎么动弹，只见他无精打采地被捆绑在行刑柱上，在好几个月冗长审判的过程中，这根柱子几乎成了他身体的延长部分，是他的另一根不能弯曲的脊柱，比第一根更可靠。他懒洋洋地打了个嗝。

天穹清澈无垠，一两片薄薄的云彩，两三颗最后的星辰。荒原无边无际，依然混沌，从头到尾的单调，但传递给每一个人一种非凡的、永远活下去的强烈欲望。某只隐身在草丛或云层的小鸟在鸣唱，一阵寒风呜呜吹过，随后一切又静止下来。过了一会儿太阳露出脸，旋即跃升。

维尔 · 希德曼现在只等着判决被执行。人家告诉他那将是在清晨而不是黎明。

几个月来，他改变了自己的立场，甚至百分之百接受了他的审判者们的观点。最后，他完全不去争辩，以此来为自己争取减轻罪行的机会。相反，他倒是为对自己的指控添油加醋。当轮到他说话时，他变得越来越卑微，承认自己背叛了他的养育者，背叛了整个人类社会。黑斑小麦养老院的老妇人们为他设计了一个救世主的命运，她们养育他是为了指望他去做她们没能去做的事。他说，你们让我出生是指望我把毁灭计时表拨回到零，希望我能发明新的措施，修复系统中被瘫痪的那些机构。你们把我推向世界，指望我去洗涤正兴旺发达着的魔鬼世界。

她们孵化、设计、培养他不是为了帮助敌人复活，尤其不是让他去修复资本主义机器，恢复那些制造不公和不幸的机制，这些机制在老妇人们的年轻时代已被永远抛弃和停止运行。他说这就是为什么我要求对被告实行现有的、最严厉的极刑。惩罚我的不忠吧，惩罚你们眼中的维尔·希德曼的罪行吧。他坚决要求道，把我从害人虫的队伍中清除吧，就当我本人是资本主义黑社会的领头人。然而她们惩罚他主要是因为他犯下的反人类罪行，他强迫人们重走丑陋的商品社会的老路，强迫人们再次忍受黑社会、银行家及战争庇护者们制造的枷锁。我意识到我让人类倒退到了野蛮时代，他懊丧地说。我在人类已面临深渊、几近灭绝之时，在我们至少已永久摆脱富人及其同谋时，我却重新恢复资本主义的残酷混乱，我抛弃了穷人，把他们扔到富人及其同谋者手里。他继续道，在几年时间里，我浪费了解放者们几个世纪以来所作的牺牲和艰苦卓绝的斗争。

无名的受苦大众和无名的殉道者先是藉老妇人之口说话，此后又借着维尔·希德曼之口说话。所有人要求对他处以示范性惩罚，他自己也宣称放弃一切为他开释的好意。

他说，我不配人们一镐就把我结果在粪屎堆里，这么干净利落的处决方式对于造成如此严重、如此明目张胆的历史性耻辱的责任人来说，太过仁慈；用石块砸我或用枪决来惩罚我这样的罪行太轻放过我。给我比死更严酷的惩罚吧，制造一种更残忍的处罚，让我在无尽的悔恨和流浪中受尽折磨吧。把我关在地狱不给任何释放的借口。你们要安排好，直到星星最后冷却，也不会有人来同情我。

这就是当审判接近尾声，老妇人们允许他说话时，他反反复复的自白。这就是他被捆绑在行刑柱上，浑身浸透在汗水粪便的气味中，身上的皮肤越来越溃烂时的长篇大论。

负责行刑的老妇人们位于二百五十米开外的射程，采取狙击手常用的卧姿。从希德曼所在的位置可以依稀看到她们的白发、前额的额箍、红色发带以及几个人头上用羽毛和珍珠装饰的无边软帽，但他看不清她们被草丛遮挡的脸。远处，阳光在蒙古包上洒下动人的光斑。希德曼还看到骆驼、山羊在那些老妇人身后安详地吃草。突然一阵反光，他认出是莱蒂西亚·希德曼在萨满教节日或国际性节日那天贴在额头的金属片，是她在启动孕育小孙子计划的那天，带回黑斑小麦养老院的那片金属。随后他又认出了雅莲娜·赫菲兹的卡宾枪及奥尔麦斯姐妹的长枪。

这天是 7 月 10 日。

一只飞鸟此刻在羊群上方盘旋，时不时发出一两声短促的鸣叫。

接着，第一声枪响，很可能是雅莲娜·赫菲兹首先开的枪。库苏古尔湖远远地隐藏在地平线后面，隐藏在一片无边无际的针叶林后面，水鸟也许会一直飞到那里，在无忧无虑的寻寻觅觅中，发出清脆短促的哨鸣，十分动听。

18. 约勒哈伊·托塔伊

在见证维尔·希德曼被处决过程的众多动物中，有在蒙古包周围吃草的反刍类动物，它们并未表现得无动于衷，有时会抬头看看绑在行刑柱上的维尔·希德曼，他正把它们的奶吐出来。动物中还有一只来自库苏古尔湖的水鸟，是一只性情顽皮的涉禽，常被同伴们批评为个人主义者。这天早晨它正在行刑地上空转圈玩，或表演空中俯冲，一会冲向骆驼群，一会冲向奥尔麦斯姐妹。它尾部有些稀疏的羽毛影响了它优美的外形，但这不重要。它在离此四公里的沼泽地里过了一夜，它以这种凶猛的方式飞行更多是出于好奇心，倒不是为了觅食。这是一只绿爪红嘴鹬，一生中已经历过两次大迁徙，秋天时穿越过蒙古与中国一望无际的领土，以便在南方河岸的黄色淤泥中过冬，靠近从前鲜花盛开、如今凋零殆尽的古老港口。然后等到春回大地时又飞回到它喜欢的风景——孤零零的湖泊和高原寒叶松针林，但它的同类们却避免在那里筑巢。那里也是逃跑的苦役犯、棕熊及永远逃离城市的流浪汉们喜欢的地方。因为今年夏天它没有找到称心的伴侣，便决定飞到这片高原，在这里度过 7 月份，然后再往湄公河或珠江流域迁徙。在绿爪红嘴鹬和青脚鹬的国度里，这头涉禽的外号叫约勒哈伊 · 托塔伊。

它听到了雅莲娜 · 赫菲兹卡宾枪发出的呼啸声，接着是木块爆裂的声音，碎片落在维尔 · 希德曼脸颊附近。奥尔麦斯姐妹紧接着射击，随后是一阵齐射，中间混杂了莱蒂西亚 · 希德曼、莉莉 · 扬、索朗热 · 巴德、以斯帖 · 温德莱斯、萨皮哈 · 佩莱格里尼、玛格达 · 切克以及其他被杂草遮挡的百岁老妇人们扣动的扳机。最后一声枪响，那是娜佳 · 阿哈杜拉纳单独放的一枪，子弹在离被告几分米处开花，他不动也不再打嗝，尽管醉意明显，但意识依然清醒，经历了永生难忘的那一时刻。

约勒哈伊 · 托塔伊朝西飞去，缓慢地扇动翅膀，漏斗形地打转、滑翔、平移。它的速度降到几乎在天空中停止不动，它学会的飞行方式在它的同类看来十分古怪，那是它通过观察鸶的飞行，再结合自己肥胖的身躯改进后的一种飞行方式。现在它就在莉莉·扬的上方，正听见她在向人群提问。

老妇人们退出枪栓和滚烫的弹壳，仍然保持卧射姿势，但似乎所有的人都为没有命中靶子而松了口气。她们犹豫着是否进行第二轮射击。她们的鼻腔吸进了混杂着新鲜苦艾酒味的黑火药气味及身下草地上母羊和骆驼留下的粪便味，牲口们几个月来就夜夜睡在这儿。

莉莉·扬在谈论维尔·希德曼，谈论老妇人们现在常常支离破碎的记忆。随着时间流逝，那些破洞和撕裂越变越大，她突然声称只有维尔·希德曼，才能汇集起她们所有正趋于彻底消失的记忆碎片。

“完了，只要莉莉一开腔。”有人说道。

“当有一天我们不再知道自己是谁，不再有任何人知道，有谁能告诉我们我们是谁？……”莉莉·扬问道，“又有谁能讲给我们听我们是如何在正直人的文明中生活过？我们是怎样深化和捍卫这种文明直到它完全破产？……”

“是的，只要她一开腔。”以斯帖·温德莱斯附和道。

“她可不准备马上打住，这个莉莉。”索朗热·巴德补充道。

“谁能代替我们为我们的存在做个总结？……”莉莉·扬继续道，“除了维尔·希德曼，还有谁能讲述我们在漫长生存中的逸闻趣事？谁能让我们重温青春，重温后来的崩溃与灾难，以及我们在养老院的偏隅一角？……重温我们的抗争，我们在养老院进行的破坏和呼吁暴动？……谁能描述这一切？”

约勒哈伊·托塔伊急速下降高度，它听到了一切，它嗅到了衰老的气息。它看到她们脖子和胯部爬动着的草原大蚱蜢、瓢虫。老妇人们正在互相讨论，有四五个人已放下了手中的枪，侧过身子嚼起野生麦穗。娜佳·阿哈杜拉纳点燃了烟斗。靠在行刑柱上的维尔·希德曼，轻轻地摇晃着脑袋，仿佛正在昏昏欲睡。

“谁又能向幸存者解释我们并未死去而正在这里做着的事？……”莉莉·扬问道。

“确实，她一开口提问，就再也停不下来。”玛格达·切克说道。

19. 巴什基姆·柯切曼

没有任何过渡，巴什基姆·柯切曼一下子醒来，睁开了眼睛。身边的夜并不黑，因为月亮高高地挂在天上。他在床上坐起身，细细品味每一个细节，这些细节以这样那样的方式延续着他刚才的梦境。他在往昔中行走了很远，一直回溯到资本主义复辟之前的时代。他梦见自己一生中最炽热的爱情，对索朗热·巴德的爱情，她就像二百七十二年前一样年轻、迷人。他重新爱着她，像从前那样褪去她的衣服，重新找回他们之间几乎令人痛苦的那份和谐。从他们爱情的第一天到最后一天，这种和谐一直统治着他们。他重新找回他们做爱时沉默的眩晕和无言的激动。就在他醒来之前，他弄脏了自己的下腹部。

他看了一眼时间，挂钟指着凌晨两点。他离开马鬃床垫，往前两步来到窗前，掀开代替玻璃的方形粗麻布片，探身窗外。两滴冰冷的精液顺着他左大腿内侧下滑最后凝固，他喘着粗气，一种干硬的感觉让他不舒服。他脑袋附近那块粗糙的麻布妨碍着他。轻轻一碰，一层灰尘落下来。到目前为止，这些尘土被麻布挡在外面。他咳嗽起来，大部分尘土是在傍晚，黄昏时分落到街上。五楼下面，发情的野猫在暗影中哀号，相互追逐，愤怒地扭打在一起，要么交媾，要么去死。水泥墙依然散发着火炉般的热浪，白天结束，气温也只降了三度。对面房子里有个流浪者新近安顿下来，可以听到一些响动，扫地的声音或有东西触碰的叮当声。那人在清扫他的小窝，也许他那里受到沙尘的侵袭比柯切曼这里更严重。

街上灯火全无，这是人烟稀少的直接后果，也因为最后一次停电后再没人能重新修复供电系统。圆圆的月亮高悬屋顶上空，照亮了韦鲁贝尔第二大道，照亮建筑物的残垣断壁和韦鲁贝尔第一大道上的巨大凹坑。

柯切曼离开窗子回去清洗下腹部。他边擦洗边觉羞愧。他记起最遥远的时代，一直可回溯到在集中营和监狱的那段时间。人生存在那样一个环境，肉体和精神都已丧失一切价值，夜间的梦遗总是让他觉得沮丧。也有人总能曲折地找到一些理由，以既科学又放荡的方式原谅自己的遗精，但柯切曼憎恨自己身体这种有节律的、可怜的性欲。即使梦见索朗热·巴德也不能抵消他对这种放纵的羞耻感。

对有关索朗热·巴德梦境的回忆已化成一些无法留住的碎片，他停住不动，但一切都已飞走，只剩下怀旧。他脑子里出现索朗热·巴德在另一个梦境中的样子，那里完全没有色情氛围。二百七十二年前的年轻女人朝他走来，在雾中。她穿戴得像雅库特①的公主，头巾包裹的脸看不太清，根本无法分辨那是有血有肉的索朗热·巴德还是巴什基姆·柯切曼记忆中与索朗热·巴德混淆的另一位女人。

马路对面，那个陌生流浪汉在继续打扫和清除沙子，在没有灯光的寂静中，这是颇引人关注的不寻常之事。

如果我给这个失眠人取个名字呢？柯切曼心想，双肘重新支在落满灰尘的窗台上。他开始寻思一个个可能的名字，粗麻布拂到他肩旁，弄脏了他的后脖颈。如果我给这家伙取名为罗

① 雅库特，俄罗斯北方的少数民族。

宾·马利乌迪纳怎么样？他心想。如果我即刻去拜访他，问他是否听说过索朗热·巴德？

他穿上衣服走向门口，又有些犹豫。另一群猫在楼梯上打架，随即又陷入长久的寂静。

柯切曼的手已经放到门把手上，终于还是没有打开门，重新回到屋中。因为粗麻布没有放下，月光为这陋室涂上一层银色。屋里只有可怜兮兮的几件衣服，要么挂在铁钩上，要么搭在晾衣绳上。几只袋子，一个放了两层薄床垫的床架和几只塑料盆。窗户在床边投下一道模糊的长方形的剪影。

嗨，等一下！柯切曼心想。我对这个罗宾·马利乌迪纳了解多少呢？万一他不是给我递上一杯水同我聊聊索朗热·巴德，而是趁着风高月黑把我干掉，然后放在他的食品柜里风干，那可怎么办？

窗前，一片硅石雾团飘来荡去，从左飞到右，从右飞到左。捕捉着细微幽暗的火星沫，然后又将它们反射出来。这并非美妙的仙境，反而是一种有害健康的信号。不过我们还是可以关注一下这种运动，在这些极微小的闪亮中找到托词，表示对某样东西十分入迷。这样就不用摸黑跑到楼下大街上或去找陌生人聊天。

柯切曼坐在床上刮脸，用剩下的时间观察那片雾团的舞动和倾听夜的声音。猫儿们消失了，罗宾·马利乌迪纳也停止打扫房间，现在他保持着安静。在韦鲁贝尔第二大道有个疯子叫嚷说有人咬伤了他，哭诉了一分钟。接着，一切又沉入虚无。远处某个暴发户的发电机轰轰作响。柯切曼试着不带太多痛苦地想念索朗热·巴德，想念她二百七十二年前的样子。后来，月亮落到卡纳尔街那些高楼后面时，他重新睡着了。

20. 罗宾·马利乌迪纳

与我曾经想象的不同，罗宾·马利乌迪纳不是食人肉者，我也很快确定他不是暴发户，也不是新贵阶层，不是资本主义参与者，因此是个可结交之人。在观察了他的生活习惯十多个日夜后，我去对面房子的三楼拜访他。当我用第一人称时，我主要指我自己，也就是说巴什基姆·柯切曼。

我们之间的关系从一开始就完全没有攻击性，甚至还有一种不太外露的亲切，就像穷苦人之间在一场宇宙性灾难发生之后，或远在世界革命之前，所建立起的那种关系。

马利乌迪纳在地球上许多稀奇古怪的地方漂泊过，并带回很多经验，但他把自己的见识隐藏在平常的谈话后面，出于谨慎逃避和记忆漏洞。他喜欢低调，永远不会把或奢华、或恐怖地塞满脑子的繁复记忆强加给别人。在游历或偏远、或异域、或天堂、或地狱般的地方并成功归来的过程中，保持沉默是他学到的教训之一。他深知词语会伤害活下来的人并冒犯没有活下来的人;深知有些场景无法分享，有关他乡的任何长篇大论都会被看成自负或叹苦经。然而把这些见识烂在肚子里，又让他心有不甘，因为并没有人禁止他传播。于是，他以每月两次的频率组织讲座。

马利乌迪纳是用库苏古尔湖西部的一种蒙古方言来表达的，但他说得严重走样，从俄语、韩语和哥萨克语中借用了很多词汇。这些语言三百多年前他在集中营里使用过，代替了他的母语，我猜可能是达哈德语。不管怎样，他就用这种丰富的混合语言来演讲。

他的演讲有两个题目:“琅勃拉邦[①]、蝴蝶与寺庙”及“广东之旅”。他打算在同一场演讲中一个接一个讲，同时为来听他演讲的男男女女沏茶。尽管他希望用这张有吸引力的海报吸引听众，(当我说有吸引力时，我是真诚的。因为这两座城市无疑在从前值得一去，在今天值得用语言重温)然而他的努力白费了，没人对此活动表示兴趣。到了那天晚上，会场空空如也。

我按时去听他演讲。在他为此打扫干净并十分用心布置的屋子里，只有我们两个。怕人家找不到地方，他把公寓大门敞

---

① 琅勃拉邦,老挝著名的古都和佛教中心。

开，在门前绑了一束红飘带和一些彩条，给听众指路，然而没有一个人踏上楼梯，甚至没有一个人出现在马路上。

一场名副其实的座谈的条件并不具备，马利乌迪纳迟迟没有开讲。我坐在一块干净的地板上静静地等他开口，眼睛看着他墙上贴的一些照片，照片只是清一色的深褐色，没有透露任何信息。他终于准备好，清清嗓子向听众，也就是向我问道，他是现在立即上茶还是过一会儿上。因为我没有明确回答他的问题，而是让他选择对他合适的方式，于是，他开始一句接一句讲述与琅勃拉邦有关的事。但他指出他本人没能进入老挝，因此他的信息也是二手的。不过人家向他保证说，比如在某些寺庙，虔诚的信徒会把祭祀的鲜花插到炮弹壳筒里，有兰花、雏菊、莲花或依兰花。他没说炮弹筒的直径有多少，但是用手比画了一下弹筒大致的口径。接着又历数了一遍花的种类。当多种语言打架时，便难以掌控某些词汇。随后他又回到主题上来。他说在琅勃拉邦，有些寺庙里用炮弹壳当花瓶用。需要费很大劲才能听明白他的叙述，他需要寻找词汇，有时等上十五或二十秒，才吐出一个令人费解的短语，是韩语或哥萨克语的俚语，然后又陷于沉默。照片只剩一层颜色，我终于明白那是经过几十年的风吹日晒，图像变得难以辨认，但罗宾 · 马利乌迪纳用它们作为讲解的道具，使他空泛的谈论变得更生动、更符合教学法一些。他提到这些照片，评论了一番。但他只是很短暂地转向这些照片，仿佛担心自己一转身，听众会乘机溜走。因为无法辨认照片的特性，这些照片便具有了普遍性。通过它们，人们在琅勃拉邦或在广东没什么区别；在寺庙或在河边、在湄公河或在珠江畔都没什么区别。第二个演讲就这样悄悄地嫁接到第一个主题。广东实际上应该发音成广州，马利乌迪纳特别强调了这一点。有时候他要求听众也能主动参与，他让我重复那两个中国字的发音，一个是第三声，另一个是去声，他让我重复了好几次。随后喝茶的时间到了，伴随几句空洞的应酬后，我们再也没什么值得一说的话语。

21. 索赫夫·毛瑞尼迪安

一开始我不敢相信索菲·吉伦特重新出现在我身边，可以不用等到特殊梦境或用三千年时间穿越地狱般漫长丑陋的黑暗，才能联系到她。只需移动几米我就能靠近她，只需伸出手去我就能触摸到她。这让我十分意外。我朝她伸出手，张开双臂仿佛在邀她共舞一曲。很快，我找回了爱情中那些娴熟的动作，只要相互之间不撒谎，那些反复做过的动作，永远都让我们心醉神迷。用不着再受一生时间的煎熬，现在只要我想，一秒钟后我就能抚摸她的肩膀、她的后背，然后终于可以让她紧紧贴着我。用一种只有在梦里才敢想象的温柔，让她贴着我的唇，紧贴着我那因荒芜太久而有些迟疑的身体。索菲·吉伦特紧紧靠着我，没有灾难突然出现，没有什么东西突然把我们硬生生分开。当我们的呼吸交融在一起，我们穿着衣服，透过衣衫，我依然能感受到她皮肤的渴望，使得肉体的和谐变成第二位；我依然能感受到她记忆的一触即发。刹那间，词语如此苍白，我们什么也不说，一起颤抖，仿佛精神已融为一体，简直难以置信。我感觉幸福也许会像从前那样，一眨眼工夫，又会从我手中夺走。当我说我，特别指的是索赫夫·毛瑞尼迪安。我把当下解读为一连串相互间协调的错觉，包括了睡眠时间和别离的时间，整合了日常生活中最平庸的琐事。总而言之，制造出一种完全说得过去的真实，但只要命运稍有不顺，我们就面临被剥夺这一切的危险。起初，我每时每刻都在担心，担心失去这一切。我告诉了索菲·吉伦特，对她解释我的担心，我咬着嘴唇不让自己哭出来。这让她觉得好笑。后来我逐渐适应了这种情形，控制好我的忧虑，但并未彻底摆脱。我与索菲·吉伦特过着平静的生活，栖身于一些长久被遗弃、没有房主的简陋小屋。我们也会碰到一些形迹可疑的人和不名誉的人，在离我们不远的地方沉沦，像我们一样。有时我们会在短时间里，或相反，在漫长的很多年里处于完全孤绝的状态。从此以后，我们很少迁徙，减少了频率或只是原地打转。后来我们搬到赤道附近的一条大河畔，就没必要再去寻找新的流亡之地了。深褐色的河面上经常漂来一些上游沼泽地或泻湖区里被大水连根拔起的各类植物，如强健硕大的水生牵牛花与睡莲。天亮时分，我们来到淤泥堆积的河岸，沿着泥塘走，等我们靠近时，那里的游蛇遗憾地游走了。我们对着汩汩流淌的江水出神，享受着暑热升腾前的最后一点清凉。天空转换成一种不太纯净的蓝色，我们手拉着手，看着大片大片肮脏的漂浮物，枯枝败叶遍布在望不到尽头的河面。根据我们天亮前行走路程的远近，河岸有时变成没有淤泥堆积的浅滩，有时又生长着茂盛芜杂的植物。大地散发着香蕉园堆肥的臭味，我们待在那儿目击着粉色火烈鸟醒来，小船一清早来往穿梭。顺着弯曲河道远眺，雾气还未升腾，可以清晰地看见河畔的一个小村子，一座简陋的塔，就是那里最高的建筑，小村显然很穷。索菲·吉伦特打破沉默说："在琅勃拉邦，有些寺庙祭祀用的花器是用炮弹筒做的。"关于这个话题，我以前听过一场演讲，但我知道索菲·吉伦特当时并没有在场。在这类情形下，我觉得一定是我的记忆被附了魔法，才能让我的伴侣嘴里吐出这样的句子。无需更多，这足够让我的忧虑再次浮上心头。我重新陷入沉思，支撑我们周围世界的，没有任何东西是确凿无疑的。索菲·吉伦特的存在以及我们的重逢，其真实性需要重新审视。我咽了一口唾沫，按压着她的手，马上自问："我与她似乎正在分享着的当下是真实存在的吗?"我在心里算了一下日历，把过去的事情按时间顺序梳理了一遍。我至少应该以过往——无论记忆中的哪个过往作参照，来确定此时此刻。然而，任何算法都不管用，哪怕我以最近的过往作参考，也不行。这真让人抓狂，我没有办法，只好询问索菲·吉伦特。“嘘，”她回答说，“你别吓坏了我们的大象。”“什么大象?”我问。我转过头，看见我们的小屋矗立在身后的山岗上，在由一片林地开辟出的空地上，我却不记得自己亲手开垦过。花园的草地上生长着我不记得何时种过的、用来做调料的芫荽和薄荷。大象摇晃着耳朵，漫不经心地踏过我们的作物，索菲·吉伦特看到大象们的作践，却显得很高兴。在朝阳的光芒下，我突然感觉她是由某种奇怪而不可触摸的思想及回忆所变现而来。一切又恢复到最初，真是难以置信。

22. 娜佳·阿哈杜拉纳

天空燃烧了整整一天。

见不到一只飞鸟，被晒蔫的大草原寂静无声，连苍蝇也几乎消失。毛毡帐篷附近，牲畜无声地寻找一点可怜的阴凉地。如果你所处的位置不好，就像维尔·希德曼那样，只要一睁开眼睛，就会被晃得什么也看不见。骆驼和羊群被转移到一处融化的锡矿湖上，透过热浪，蒙古包看上去在微微晃动。至于那些老妇人，她们几乎与大地融为一体，留在枯黄或铅灰的草丛中一动不动。她们抱着长枪卧在鼹鼠洞和牲畜的干粪蛋中间。大伙急急地闭上眼睛，仿佛角膜要被火焰吞噬似的。随后她们把眼皮闭得更紧，视线渐渐恢复，但这是在隐秘黑暗中的视线。

此刻，伴随黑夜，可以更自如地想象一些场景。微风从草原拂过，并未带来丝毫凉意，但至少它们不会晃瞎眼睛。对维尔·希德曼的处决从三周前开始。自从第一次枪决失败，被告在等待老妇人们处决他。而她们呢，非但没对他一阵扫射，反而在讨论是否应该走近行刑柱，一切从头开始；或者干脆赦免希德曼，哪怕给他换一种处罚，比如强迫他高调完成她们因失忆而逐渐遗忘的年轻时代的梦想。抉择似乎很难，老祖母们日夜保持卧射姿势，或抽着香草烟斗交换意见，或长久沉默。有时，尤其夜里，她们会起身去旁边的小山谷解手，或为某只胀奶的母羊挤奶，但离开的时间很短，她们很快又回到狙击手的队伍中，分着吃奶酪，随后像一头头年老的猛兽那样，躺下。

三周，二十一天，也是维尔·希德曼在死亡面前构思和反复琢磨的二十一个故事。因为老祖母们时刻用卡宾枪对准他，不管是星空下，还是大中午，仿佛是在提醒他新一轮扫射命令随时会从莱蒂西亚·希德曼或雅莲娜·赫菲兹或其他人口中发出。二十一个，很快将是第二十二个奇特的故事，每天不超过一个，是维尔·希德曼在你们面前创造的。说到维尔·希德曼，我当然想到我自己。因此他在这里自言自语了第二十二个难以概括的即兴故事，只不过是一个苟延残喘者在威逼之下，假装镇静地面对死亡时的胡言乱语。无论对我还是对你们，我保持与前文一样的主旨来编织这个故事，把你们放入场景以保存你们历经沧桑的记忆，让你们的统治早日到来。因为即使我与你们的合作一向不温不火，我对于你们的人格和你们的信念一直抱有一种牢不可破的温情。我希望你们不朽，或至少超过我的不朽。

我闭上嘴，一只蚱蜢跳到我腿上。长期的煎熬已经改变了我的身体，神经性疾病引发大量寄生性皮瓣的繁殖，我身上到处是条形状鳞片和赘生瘤，蚱蜢的腿就挂在上面。

我睁开眼睛，夜晚的大草原在星空下一望无际，月亮升起来了。我很想对谁说说话，很想有人与我聊聊我描绘过的那些男人和女人，带着爱心、友善、同情对我说："我很熟悉莉迪亚·马瓦尼，再给我说说她幸存下来以后是什么样子的。"或者："告诉我一些贝拉·麦迪洛西安的消息。"或者还有："你得多给我们讲讲瓦伐利亚·朗多克的冒险。"或者："我们也隶属于你描述的正在死去的人类，我们也正在步入那最后阶段，四处离散和不再存在。"再如："你有理由向我们展示我们已经永远被剥夺了重建世界的乐趣。"然而没有一个人在我耳边轻声低语，鼓励我继续下去。我很孤单，突然，我为此感到惋惜。

那只蚱蜢栖息在我右胯部的皱褶里，颤动了两下，接着又跳到我胸口捆住我的绳索上，再次颤动了两下。

老妇人们无所畏惧地面对着我，离我的距离平均在二百三十三米处。我真想给她们解释为什么我炮制其它内容而不去写一些她们直白可辨的逸闻趣事，解释为什么我更愿意留给她们一些令人费解的古怪叙述，以及我用何种技巧编制这些形象，镶嵌进她们的潜意识里，然后让它们在很久之后重现于她们的冥想或梦境中。

这时，娜佳 · 阿哈杜拉纳过来审讯我。因为她只是在二十七年前刚庆祝了两百岁生日，所以她是这群杰出枪手中最年轻的一位。

“日后会在她们的梦境中重现。”我正这么说着，她站起身来，在月光下伸展了一下躯体，她在人参树与布达干[①]草丛中蜷缩了大半日。我看见一个小山包顶上露出了她破旧的旱獭皮大衣，逆光下无法看清上面打了多少补丁，点缀了多少朱红色的装饰品和神奇的维吾尔文标语。我望见她那颗小小的脑袋仿佛已经衰老风干。有一些词句从这团被光秃头皮和粗糙皮革包裹的肉体中飞出时，它的下半部分反射着星光，因为那儿有一

① 布达干，原文为 boudargane，可能是作者虚构的一种植物。

排铁制的假牙。

我对娜佳·阿哈杜拉纳有种特殊的亲切感，我不会忘记她们在养老院孵化我的时候，当我被马马虎虎地塑形并藏在这个或那个同谋者的床底下时，她是那群老祖母中唯一想到要给我讲小孩子的童话故事，而不是经典马克思主义。

“希德曼，”她喊道，“你哄骗我们的那些奇怪故事是怎么回事？为什么？为什么它们是稀奇古怪的？”

我累了，我什么也没有回答。疲倦令我无法开启嘴唇。尽管瘙痒可怕地折磨着我，我却无力扭动一下被布满疙瘩的皮肤包裹着的躯体。月亮的引力让那些疙瘩越长越大，我能感觉到。一道灼热的闪光从天空划过，有一秒钟，我疯狂地确信老妇人们将开始新一轮的扫射，结束一切，但后来我遗憾地发现什么也没发生，再次陷于等待中。我很想回答娜佳·阿哈杜拉纳，很想穿过灼热的夜空大声喊道：“当美失去了希望，古便是美采取的一种形式。”但我仍紧闭双唇，我在等待。

23. 莎菲拉·乌里亚吉纳

养老院里，当视觉衰退或黑夜太深时，嗅觉代替了视觉。在黑斑小麦养老院的两幢房子里都能闻到煮烂花菜和烂洋葱的味道，还可以闻到大厅里乱七八糟摆放的扶手椅子上浸透尿液的鬃毛垫子的气味，还有搁在床头柜上假牙的气味，褐色踢脚板上污垢的气味，黑色陈面包的气味，此地沙漠中酸涩小苹果的气味。还有每当好天气时洒在底楼地板上黑肥皂泡沫的气味，大扫除卷起走廊地毯上灰尘的气味，宿舍早晨晾晒的橡胶床垫的气味，冬天可以闻到胖胖的柳德米拉·马托西安和她女儿罗莎·马托西安在下雪季节每周三烹制的油炸食品的味道。女院长秋天从真菌种株中提取的药物气味，从首都运来的兽医机械越来越难以辨别的气味，因为如果说最初的实验围绕着老妇人们的长生不死，后来科学家们不再来此地，也许他们也死了。总之，人们只是通过邮件来关注这些老妇人，最后把她们扔在远离一切的几千公里之外，有专门的护士监护。如果她们试图逃离这片泰加林，护士可以受命开枪。

这两幢房子的两个楼层还吸收着大量其他气味，比如还可以闻到带插图月刊的气味。封面是向联合收割机、履带拖拉机的美妙致意，或是在一望无际的森林某处，从地质学家木筏上拍摄的安加拉河或阿巴卡纳河的风光。或是以一群群体态丰满的迷人的年轻女工为主题，她们围着渔场或油井忙碌，或在核电站、屠宰场前面兴高采烈。这两幢楼里还飘荡着我们中每个人的、模糊不清的头发的气息。罗莎·马托西安蓝色围裙的味道和黄瓜皮的味道，还有洗碗水的霉味，左侧走廊尽头飘来的厕所气味，那厕所从来没有真正堵塞过，也没有真正疏通过。

还要加上放除垢剂和老鼠药的柜子里散发的气味。在两间公共大厅里可以感受到比四色套版杂志的油墨味更浓的无图文学杂志散发的气息。拿工资的作者在杂志上用文学终结之后还能体现他们文学才华的坚实架构，动人地叙述我们这代人及我们前面几代人，以天生的英雄主义情怀悲壮探索，以求建立理想的平等社会。尽管有战争、有屠杀、有艰难困苦，尽管有集中营和集中营看守，人们还是满怀英雄主义，一砖一瓦地建设着这样的社会，直到这个社会不再运行，绝对不会再运行为止。

但这还不是全部，我们还可以嗅到一些偶发的气味。比如深秋，当人们点上中央火炉，烟雾大量弥漫在各个楼层；或春天鸟儿在公共大厅惊慌飞蹿，撞到高高的墙上，把鸟粪撒在养老院创始人的照片上。还必须提到室外攀爬植物的香气，尤其是附近的冷杉和落叶松渗出的大量树脂，滴落到无人站岗的瞭望台上。瞭望台是我们要求立在菜园里的，为了使我们有个参照物，使得在衰老中的囚禁与我们年轻时代世界之间的割裂不那么巨大。

在黑斑小麦养老院，有关气味的名录有上百种，还可加入一些不常见的与个体命运相连的更隐秘的气味。比如当雅莲娜·赫菲兹打开这个盒子时冲入鼻腔的气息，里面是她保存了一百九十年的她丈夫若尔贵·赫菲兹寄给她的信，一共四封，不同时间寄出却同一天到达，以后再没别的信。那时候莎菲拉·乌里亚吉纳负责收发信件，她在办公室最里端筛选和监视有敏感内容的信件。她特意把四封信拿给雅莲娜·赫菲兹。那是6月的一个周六，她哆嗦着把信递给雅莲娜·赫菲兹，说不出一句话来。两个女人把嘴唇咬出血来。我们在信封上可以看到一个地名，一个那时还未真正建成，后来又被完全抹去的地方:叶尼塞河左岸的图恩戈拉思克。从信里的内容看，第一批临时棚屋的建造进展顺利，砍伐也很顺利，还有两头熊出没在奥伊拜湖附近。尽管已到9月，气温很少降到零摄氏度以下。冬天还会有大量松果，甚至松针用来对付坏血病，在饭不够吃的时候，已经有人尝试咀嚼它们。字迹写得潦草，断断续续，当人们用铅笔在叶尼塞集中营里写字时，总是这样。

雅莲娜·赫菲兹打开纸盒，她还记得那个6月的下午，莎菲拉·乌里亚吉纳来敲门。她见她脸色惨白如纸，递给她据说是赫菲兹所写的信。雅莲娜展开这些散发着故纸陈墨气味的纸片，上面还残留着莎菲拉·乌里亚吉纳当时所用的香水气味。雅莲娜满怀爱意地轻轻抚摸，纸片上没有留存任何有气味的颗粒，可以藉此回忆奥伊拜湖畔的冷杉或那片冰封冻土的颜色，人们在那里砍伐树木，开垦未来的图恩戈拉思克。但无论是信封，还是在已发黄发脆的纸片上，都未携带任何嗅觉上的相关信息。这非常蹊跷，它使这些信变得可疑。一百九十年前当雅莲娜·赫菲兹喘着气、颤抖着拆开这些信时，这种气味上的缺失让她觉得有点不对劲。莎菲拉·乌里亚吉纳站在她边上，也十分紧张，眼里噙满泪水。不会是你为了安慰我，冒充他写的吧？雅莲娜·赫菲兹问她的朋友。在她工作的邮局后台，莎菲拉·乌里亚吉纳完全可以做到偷几张信封，然后伪造邮戳，再模仿一下赫菲兹受尽折磨后的笔迹。莎菲拉·乌里亚吉纳摇摇头，晃着两条美丽的黑辫子，抽泣声代替了所有的回答。

雅莲娜·赫菲兹把纸盒搁在膝盖上，盯着看了好几个小时，仿佛在未经长久等待之前，不允许打开它。随后她打开盒子，一小片一小片地查看那些纸张，看那些字迹模糊而她早已熟记在胸的词句，追问最后残留的那一点点气息。然而纸片上除了早已揭示过的信息，没有给出任何新东西。它们确实被某双手拿起、抚平或折叠过，但只是被她自己的手和莎菲拉·乌里亚吉纳的手。

离她不远处，莎菲拉·乌里亚吉纳坐着，像两个世纪前一样浑身发抖。“你向我保证不是你写了这些信?”雅莲娜·赫菲兹再一次问道。“不，不是我。”莎菲拉·乌里亚吉纳第一万次否认。“你发誓?”雅莲娜·赫菲兹坚持问。“你很清楚，我可以发誓。”莎菲拉·乌里亚吉纳声音颤抖着说。

24. 萨拉·邝

最近这几周我一直逃课。每天早晨我并不是去卡纳尔街科里亚吉纳大楼的教学中心上课，而是去市场消磨时间，坐在一个卖草药和蔬菜的中国女人身边。当我说一个中国女人，我指的是玛琪·邝，一年多来我与她共同分享了一段命运。我们的商业活动太微不足道了，不值得我对此表示蔑视，我一向坚持蔑视资本主义。我们的买卖不需要费多大劲，当我帮助玛琪·邝在脚边优美地摆放好那一捆捆我们头天晚上从七楼或废弃铁路桥上采摘来的草药后，我便有点忧伤地待上几个小时。如与我有幸一起生活过的所有中国女人一样，玛琪·邝美丽、勤勉、节俭。我们俩都奔六十了，我们守着摊位看那些逃难的通古斯人和德国人、高尔德人和穷苦的俄罗斯人，还有布里亚特人、图瓦斯人、西藏避难者和蒙古人，他们并不成群结队，而是三三两两、昏昏沉沉地从我们前面走过。在低谷时间，整个市场几乎空无一人。

我决定放弃学校，我越来越讨厌上学。我学不会新科目，已有的知识也得不到任何提高。就这样，我的探究精神突然瓦解，好奇心也日益衰退，开始堕落，也不再伤感。于是有人守着一堆堆菠菜、香菜心满意足。当我说有人，是指亚撒·冬道格，也就是说我，不是任何其他人。

萨拉·邝，玛琪的姐姐主持着那家教学中心。我和她相处得不太好，上她的课我感觉很吃力，我不喜欢她动辄质疑我为了活下去而拼命抓住的那些显而易见的事物。举个例子，在演讲课上，她引导我们把注意力转移到外面所发生的事，然后以此作为演讲的灵感。课堂上很少超过两三个学生。我们走到窗口探出身子，我们观察铅灰色的天空和杳无人迹的坑洼街上的瓦砾堆。

“你们也有权利闭上眼睛。”萨拉·邝提醒说。

我闭上了眼睛，背景改变，也可能不改变，有时我们是在赤道旁的一条大河边，有时我们永远对一切都感到陌生，有时我们凄凉地徘徊在死亡的边缘。练习要求我们随后回到萨拉·邝跟前，提出问题或回答问题。

“我们是在哪里?”我问。

萨拉·邝等到问话的余音消失，才回答道：

“在我的梦里，冬道格。这就是我们所在的地方。”

她说这话时有一种很明显的强硬，朝我不耐烦地看了一眼，完全无视我，仿佛我的存在无足轻重，仿佛我的真实只是一种肮脏的假设。

这就是学校让我讨厌的原因。这种不容置疑摧毁了我对一切事物最起码的相信。萨拉·邝还补充道：

“当我说我的梦时，我并没有想到你的梦，冬道格。我想到的是我的梦，唯一属于萨拉·邝的梦。”

这又是一句让我讨厌学校的话。

25. 沃尔夫·奥格伊纳

既然我们在追忆往事，那就索性退回到最初时刻，退回那些艰难场景，每当我在记忆中搜寻往事，它们便浮现眼前。可叹它们是如此清晰，仿佛就发生在昨天。我是在恐惧和混乱中降生到这个世界的。一群老妇人围成一圈死命地叫喊着，我出现在其间。当我说“降生”或“出现”，我可不是随便说说的，我说的是我的出生而不是任何其他人。我用一块黑石头为这一天做了标记，从这个日期开始，我的一切江河日下。当然并不总是一直糟糕，有一段时间也许好过另一段时间，但总体上很糟糕。顺着一天不如一天的失败轨迹，最后落到老妇人们用喋喋不休的嘴巴筑起的新包围圈里，陷入这场由全体老祖母参与的枯燥乏味的审判。作为被羁押者，我不得不动用全部精力来补充她们的指控，我的罪行也就在月复一月、季复一季的流逝中越来越严重，直到我终于被宣判无任何上诉可能的死刑，并立即执行，绝对不是一场装装样子的处决。然而，诚如你们所见，老妇人们执行不力。我倒是真心希望卸下生命的重担，在这只剩下抽象概念、压抑天空和贫瘠草原的大地上，在母羊和骆驼群面前被体面地射杀。我希望离开挫败奔赴另一番光景，然而命中注定我在任何时刻，都等不来我有权期待的开始与结局。这要追溯至很远，在获得意识的第一刻起，我就观察到这个令人沮丧的现象。比如，我从混沌中的脱颖而出，就没有任何铺垫。我离开了在虚空中无忧无虑继续着的潜伏状态，一下子跌入死亡降临前贯穿一生的漫长而恐怖的动荡中。人们把这种从一个状态转换到另一状态的过程，称为觉醒。而这个觉醒发生在我那十七个或二十九个或四十九个老祖母分娩似的阴森而恐怖的叫喊声中，她们的叫喊是为了尽快点燃我的意识，让我变成一个可以自如扭动身体的活人。我没有浪费一分钟，立刻投身到她们为我准备好的道路上。当我说恐怖的叫喊声，我不是在开玩笑。直到今天，只要我提到这些有节奏的吼叫与咒语，我身上会立即长出新的赘生物和出虚汗。我的全部播种人齐声高唱凄厉的悲歌，叠加着阴森低沉的嗓音。莱蒂西亚 · 希德曼从午夜开始便陷入灵媒附身的状态，敲打着一面缀着各色母马、牦牛或女巫、棕熊形状铃铛的鼓。索朗热 · 巴德、玛格达 · 切克及其他六七个人在莱蒂西亚 · 希德曼身边起舞，我首先看见的就是这两个人，她们用一种超自然的力量，把我从为躲避每周检查而藏身的十二个枕头里拽拉出来。她们从虚空中拉出我的头、我的肉体与非肉体部分，以及我的内脏。她们按住我的脑袋查看是否成熟，是否可以被指望执行她们的计划。这是早晨八点，分娩舞蹈持续了整整一夜。由于奥尔麦斯姐妹的针线活，我身上布满伤疤，长条针脚一直延伸到我柔软的内脏和有机物囊腔，甚至延续到坚硬的骨骼。粗劣的针脚在我全身留下难以吸收并侵蚀肌肤深处的锈蚀斑点。尽管我尚未完全清醒，我已猜到我的肉体将很快让我吃苦头。索朗热·巴德、玛格达·切克，或萨皮哈·佩莱格里尼或瓦伐利亚·朗多克发出的不甚悦耳的低沉音符，东奔西蹿地摧毁我内心深处的保护层和那层焦油状的壳，而我那无害的死亡到目前为止一直躲藏其后，以避免我的存在绝对为零。承认这一点吧，死亡不会在我身上或在别处引发任何凶险，但萨皮哈·佩莱格里尼早已把右手伸进我的胸腔，这是蒙古人的方式，每当他们不想让牲口活下去，要把它们变成食物时，就会这么做。她的手往上探，指甲深深地插入我的死亡胞衣，熟练探寻着最黑暗的障碍物，勾着手指一下子恶狠狠地捏住了我的死亡，并把它消灭。于是，我在黑暗中的日子就这样突然结束了，而在此之前我一直完好无损地栖息在那里。当我感受到第一声叹息的灼热时，我的头顶上有光亮照过来。活了，他活了！有人叫喊道。萨满教仪式的鼓声越来越急促，一股恶臭气蹿入我肺部，摧毁肺泡，仿佛无数炭火在烧灼我的气管。我睁开眼睛，看见了最初的景象：五颜六色的粗布长裙和无边软帽在我上方舞动，一群不可思议的老妇人，唱着可怕的歌谣，跳着骇人的舞蹈，抓住我摇晃，晃到我喘不过气来。我的老祖母，莱蒂西亚·希德曼像魔鬼一样嚎叫着，另一位老祖母索朗热·巴德发出来自坟墓般的牛哞。祖母玛格达·切克朝我伸出手狂叫着，而瓦伐利亚·朗多克认为时机已合适，开始她的冗长说教，指出我必须完成的任务，为了拯救平均主义社会，为了以博爱之心汇拢还在这个星球上到处流浪的幸存者。我竭力排出这些让我极度不适的气体，寻找真空，挣扎着寻求某种可以带我回到安宁真空的东西，但生命已附着在我身上，操控我的肺部，违背我的意愿让我鼓胀起来，恐惧和疼痛让人心惊肉跳。这就是当你们要我追溯最极端的记忆，或当你们问我为什么如此怀念那个陪伴我的如影相随的黑暗天堂时，所呈现的场景。这份怀念总会在某一时刻影响到那些在古怪故事里躁动着的和说着话的人。 我的出生是违背我的意愿的，你们剥夺了我不存在的权利，这是我要责备你们的。我获取意识的过程就是一场噩梦，这造就了我的坏脾气。我不愿意再听到莱蒂西亚·希德曼的鼓声，不愿意再看到她身边站着的索朗热·巴德和马格达·切克，以及她集中营里的老朋友和同谋者。在复杂及不连贯的鼓点下，七击，二击，随后十三击，她们像鸟儿一样抬起自己的身体，模仿另一些身形笨重的鸟儿；或者像天使，只有通过证明下凡的意义，才能赢得周围人的尊重。我来自这一切，在这个原始仪式下出生。这些长生不死的女人给了我生命，我欠她们一切，我无法想象我能忘恩负义地忘记这一点。当我说这些女人，我指的当然就是你们。你们让你们的长枪对我说话，却没有把我打成筛子。然而，不管我为此欠下什么情，我不能原谅你们，为这最初的一分钟，为你们专制武断地规划好我的命运，而我只求不受打搅地安眠于我的所在，也就是说虚空。我毫无喜悦地记得那第一分、第一秒，我一屁股坐起来，被可怕的瘙痒折磨着，浑身火烧火燎，皮肤似乎与身体是分离的，怪诞地将我裹在其中。我确信我的皮肤就像一面没有缝好的旗帜围着我飘，像一些悬垂的飘带，是恐怖和疼痛的皮瓣。为这个仪式，你们穿上最好看的绣花裙子、古老婚纱和你们在葬礼时所穿的旧大衣，它们在箱底已压了一个世纪，袖子已经破烂。我觉得我的皮肤不仅在我的体表变形扭曲，并且在散发着刺鼻的牦牛膻味和污秽臭气的游牧者们的破烂衣衫里自然延伸。我感觉我与你们之间物理上的界限并未建立，也许永远都不会建立。我就是你们完整肉体和集体存在的一次意外降临。我的生命结束之际，我将回归到你们的群体并融化其中。一想到这样的前景，我吓得大叫，但你们毫不在意。想来许是我的声音中气还不足，不能一直传到你们那里。“会活的，他很快就会哭！……”有人在说。“快了，快了！……再加把劲，打鼓！……别停下鼓声！……”当我说有人，我不知道确切是谁，但我知道肯定

不是瓦伐利亚 · 朗多克，因为此时她正朝我囟门里灌入政治训导，以补充那些早已反复印刻在我大脑皮层里的内容。现在需要神奇地激活它们，让我一旦能自主活动便可被引入你们事先铺好的轨道。半分钟后，其他长生不死的老妇人过来支援瓦伐利亚 · 朗多克。其中有被指派负责意识形态的卡塔莉娜 · 泽林斯基、以斯帖 · 文德西、埃利亚纳 · 巴德哈夫、布吕娜 · 爱泼斯坦、加布里埃 · 陈和其他十二个一丘之貉的老祖母。一阵可怕的嘈杂声通过骨骼迷宫潜入我体内，被植入到我脑子里。某些有条理的内容开始脱颖而出，变成一场有逻辑性的演讲。老妇人们尖厉的嗓音重新回顾了她们这代人在地球各处创建和巩固的社会，以可敬的忘我精神在艰难时刻拯救的社会，到最后连废墟都已倒下。我头顶上方，她们呼出的热气、瘦骨嶙峋的枯手和皱纹密布的身体组成一道坚固的穹顶。她们各色的衣衫翻卷着，一张张嘴里唾沫飞溅，她们用话语描述着的全球革命前与革命后的现实，像冰雹一样砸到我头上。我接收到这些句子、低语，描绘出一幅可怕的宇宙景象。随着时间流逝，我越来越明白我的处境，老祖母们实际上还是在重复孵育我的那几个月中她们喋喋不休过的那一套。那时我还处在无生机状态，被分成几大块藏在她们寝室的床底下、褥垫下、被子下或枕套里。现在，各种信息扑面砸向我，我无须思考如何消化，即刻就能领悟那些声音教导给我的内容以及描绘这个世界的密码，结局似乎让人勇气殆尽。目前的人类就像一些稀有原子，鲜有相互碰撞。他们在黑暗中忐忑摸索，在个体的不幸与集体的灾难之间无法挑拣，就像我一样，无法区分现实还是想象，混淆古代资本主义残留的罪恶和非资本主义系统运行失灵产生的衍生物。老妇人们固执地在我肩上寄托了人类的未来，至少是大方向。她们仔细嘱咐我抖擞精神，避开检查逃出养老院，穿越泰加森林[①]，直奔首都。然后又安排我除掉那些硕果仅存，但还在任的权力人物，“把他们浓缩到一个脑袋里”，瓦伐利亚·朗多克强调说。随后她们要求我根据情况随机应变， 深入进行革命，直至任何一股新生力量复活。这就是她们要求我去做的事，在人类残余还未沦落至无法触摸的尘土之前。我摇摇晃晃地站立起来，感觉到老妇人们巫婆般的手，通灵的手指搓揉着我身上还未成形的部分。我得有一个童年，于是她们为我捏揉一个童年时代的用品；我得有一个充满梦想、无忧无虑的青春，她们便用密度骇人的神奇哞叫传递于我，每一声哞叫抵得上二千四百幅梦中画面以及三百四十三天无忧的嬉戏。那些萨满教布条唤起我对过期的黄油、奶茶、牦牛乳房及艰苦游牧的回忆，我打了个喷嚏。喷嚏声引发了一连串兴奋的骚动，因为它标志着我已是独立的个体。我拨开围着我的那群躁动的祖先

---

① 泰加森林，俄罗斯亚寒带中的针叶林的一种。

们，蹿到窗口，她们大声喊着道别的话语和革命口号。我在粗麻布外套、蒙古丝绸裤子中间穿过，你们缺牙少发、皱纹丛生的脸突然乐开了花，欣喜地看到我会走路，对未来信心满满。经过时间沉淀，今天我也突然想说，这一切美妙极了。我全速冲刺，就如你们鼓励的那样，翻身跃出窗口。我先穿过一片开阔草地来到瞭望台，第一道落叶森林已在眼前。一路上，我遇到蜜蜂、蜻蜓和牛虻叮咬我的脸，我还重重地撞翻一个企图挡道的身影，肯定是塔拉斯·布洛克，他是原子核能维护工程师。他来向罗莎·马托西安献殷勤的日子，选得真不是时候。接着我又向西北方向狂奔，你们告诉我说首都在那里。我踩着狐狸松鼠粪，穿过茂盛的红越橘林，在密不透风的原始森林里，沿着只有狗熊足迹的小径走，那里的大树死后百年才会倒下。奔跑与孤独让我感觉安宁。已是早上九点半，我一直在跑，没一点儿停留，没一点儿多余的呼吸，为了避免吸入树脂，为了抵御半途而废的冲动，为了抵御远离政治、在泰加森林里隐居的诱惑，所以我从一开始就乖乖地听从你们的告诫，无论白天黑夜都未放慢脚步，我以十二次月圆为单位来计算时间的流逝。泰加森林杳无人迹，连绵中开始有越来越多的中断，林中空地有时可延展几千公里。道路与建筑群越来越多见，在我到访过的大多数城市里，偶尔可遇到几个被击垮的男男女女，陷入巨大的精神麻木中，但更多的时候城里空无一人，街巷回荡着寂寞。房舍排列，无人居住。流浪者横尸栖身地，再不能回应。用我们的语言总结一下，就是说人群从没聚集过，他们消失了。不长羽毛的两脚动物消融在了虚空中。

我与老祖母们保持着电话联系，她们重新拿起武器，组成一支铁甲民兵队，流窜在科尔莫戈罗沃和温哥华之间的区域。她们给自己定下的目标是要在被虚无笼罩的人群中，重新建立政治道德。然而由于她们一个人也没碰到过，英雄无用武之地，所以想现在回到首都看看，我的改革是如何改变事情的进程。我试图劝阻她们，但她们后来听说我建立起资本主义的那一套，于是就在那天对我宣布说，她们要对我进行一场惩戒性诉讼，我休想逃脱人民法庭的严厉审判。随后她们就断然挂了电话。自从黑斑小麦养老院的暴动后，她们中有些人被实施了安乐死，有一些则在这片无法居住的已分不清地理或社会边界的大陆上，不停地从一头逃到另一头。另有一群人，以莱蒂西亚·希德曼为首，正踏上通向首都的道路来拘捕我。最后一群人在法庭所在地等着我，法庭离世界中心不远，在库苏古尔湖附近。在等待老祖母们征用的羁押我的车队到来之前，我对自己在最近几十年的行动做了一个回顾。我非常轻易地爬到了最高职位，因为没有一处地方还在正常运行，野心家之间的竞争已索然无味，即便最无能的人也对政坛荣誉和勋章失去了兴趣。领导层普遍麻木不仁，只需随便拉开一扇门坐下来，以前被人们称为权力的东西便唾手可得。我就是在这样的前提下，签署法令恢复私有财产及人对人的剥削，还有一些黑社会似的可鄙措施，我认为它们可以刺激集体存在感，有助于长期革命。我在这里再次承认这是一种冒险，是一些该死的法令。至于我在首都的生活，我没什么要补充的。曾经有一只狗过来蹭蹭我的腿肚子，那是一只亲切的狗，对沃尔夫·奥格伊纳这名字有回应。在我签署法令后的那几年里，我们一直是朋友。如果我说萧条，我并不是随便用这个词，因为恢复市场经济并未给任何人带来任何改善，而我曾经以为这是一种向前突破的大胆尝试，我希望至少可以让某些领域摆脱困境。沃尔夫·奥格伊纳有着粗糙的皮毛，聪慧的眼睛，弓着背，有着牧羊犬般的敏捷，但它是一只杂交的温驯的狗。每天傍晚，我们会去我们从废墟中平整出来的一块空地，在那里看太阳落山，当然是在有太阳的日子。或者我们竖起耳朵捕捉资本主义的动静，它试图在首都重建商品网络。我还记得沃尔夫·奥格伊纳喜欢轻蔑地嗅闻我对着空旷城市正在阅读的书，或那几张纸片，我在上面徒劳地计算我出生前活了多久，还能继续活多久。我还记得它清脆的吠叫声，白色的犬牙，它在夏天的气味和冬天的气味。根据我的计算，我在黑暗中存在了二百亿年，我现在四十八岁，统共只有一个朋友，就是这个沃尔夫·奥格伊纳。当莱蒂西亚·希德曼跨进我的小屋，铐上我的双手时，它离开了。

我不知道它去了哪里，也许去卡纳尔街区或其他地方孤独地生活。我不知道是否有一天我还能重新找回从前黑暗中的那种虚无，或者人家又会强加给我其他什么事情。在这个其他什么事情中，我不知道能否重新和我的朋友沃尔夫·奥格伊纳在一起。

26. 亚撒·冬道格

或者，那个所谓的心理治疗师就是这样让艾冯·斯沃格自己应付，让他好几个小时独自看着那一套黑白照片。毫无意外，总是同一些照片。那是她上楼前放在光滑桌面上的，她在楼上主持一个教育中心。

“我会回来的，斯沃格，别走开。”她说。

天花板上传来她不规则的脚步声，有人在搬动一块水泥或一个箱子，随后安静了下来。

缺了玻璃的窗外，城市一片死寂。起风了，风刮起红色沙尘，在地面形成一道道流动的大理石般的纹路，有人说，就像火星表面。天空经常亮得刺眼，反而失去了所有的颜色。成群的燕子在卡纳尔区的建筑群之间炫目地盘旋。它们叽叽喳喳、刺耳地争吵了三刻钟，随后，突然飞远了。屋子恢复了安静，艾冯·斯沃格摆弄着早已熟悉的这些照片。更可笑的是那是从同一张底片冲印出来的八张照片，只是色差不同。偶尔，那个自称可以治愈疯子的女人从楼上下来，推开门问艾冯·斯沃格，对于照片他有什么要说的或要问的，斯沃格耸耸肩。那女人等了一分钟，重新关上门上楼去了。她很漂亮，是大多数中国女人那种低调别致的美貌。她穿一身休闲装，褪色牛仔裤，配牛仔上衣和黑色 T 恤衫。在关上门之前，她答应会很快回来。

在燕子不追捕或风小的日子，蜻蜓会从窗户飞进来。因为天空过于明亮，有时反而看不清它们优美的身姿。因为它们是蓝色的，接近绿松石的蓝。有几只蜻蜓从艾冯·斯沃克面前飞过，因为无聊，斯沃克伸手抓住一只，吞下肚去。

这天稍晚些时候，我走进这间几乎空荡荡的、艾冯·斯沃克在里面胡思乱想的屋子。当我说我，我想到的是亚撒·冬道格，干脆一开始就说清楚。我在他身边，在一堆死蜻蜓中坐下，周围弥漫着火星般的砖红色尘土。我们就这样认识了。过了一会儿，我对他说起玛琪·邝。

“那个心理治疗师？你和心理治疗师一起生活？”艾冯·斯沃格十分惊讶地问道。

“不，不是和她，”我纠正道，“她是萨拉·邝，我是同她妹妹玛琪一起生活。我们在市场上卖菜。”

艾冯·斯沃格放心了，翻了翻眼前的照片，挑出一张，用汗津津的手指着说：

“你看这里，这是从前，这是我祖父。”

我凑上前去。在破破烂烂的胶纸上，呈现一幅雪景，远离铁轨处，有三个男人。其中两个穿着贫民的破衣烂衫，另一个裹着破烂的军服，迟疑地用一把刀威胁着他们。人们可以把这场景代入任何地方、任何时代。

“哪一个？”

“什么哪一个？”艾冯·斯沃格吓了一跳。

“你祖父呀，这三个家伙里面，哪个是你祖父？”

艾冯·斯沃格面露不悦，收起所有照片，把它们翻过来，不让我看。他的手指在颤抖，我不知该如何修补我们之间的关系。

“那你呢？”他突然粗暴地说，“在我们两人中，你是哪一个？”

27. 里塔·阿瑟纳勒

参观之前先看一些资料，一组参考数据。我的死亡已有一千亿年，因此它等同于任何人的死亡。我活着有四十八年，我在这里和别处都说过我不知道是否会有一个终结，还需要逃亡多长时间才能抵达终点。其他一些数据：围绕我们的水杉、落叶松和五针松的高度都在 34～57 米之间。我们面前的蚁穴看着是空的，其实不然，它的地下通道延展到 30 米开外。这些网络可以让蚂蚁偷偷地爬过所有我们感兴趣的遗迹。目前，矮树林里的温度是 24 摄氏度，但到了冬天，温度计直降到零下 40 摄氏度，连寂静都会结成冰。从这儿到河边的林木似乎已完全死去，在冰封的五个月里毫无生机。哺乳动物也比以前少了许多，我说以前是指发生暴动的那段时间。到了 7 月，小松鼠蹿跳到高处，有时也可见到狐狸快步走过。但还未有任何一个物种积攒到足够的遗传资源来达到大量快速繁殖的地步。很久以来人们只有在梦里才能在此遇到狼和熊。当我说人们，并没有特指是谁。再给几个数字：养老院的暴动发生在世界大革命之后的二三百年。那幢建筑，今天已经见不到，里面住着四十多个老人，主要是女性。她们对于死亡的抵抗已无须证明，她们假装长生不死的禀赋甚至都构不成科学争论，很可能因为当时百分之九十五的科学家已经作古。首都的一名兽医每年都会寄一份调查表到养老院，女院长好歹填写一番，等邮政人员经过，便交到他们手中。那个时代还保留着这一类服务。管理人员包括一名女院长，一名森林看护人，后者在冬天就和女院长分享同一张床。另有五个什么活都要干的女工，人们常会提到其中的一对母女：柳德米拉 · 马托西安和罗莎 · 马托西安。留存下来的物品很少，它们佐证了一种自给自足的生活状态，像监狱般管理却又相当舒适。除了家具与一些日常用品，人们还挖掘出一辆守林人在养老院周边七公里便道上驾驶的小货车。传说有一天货车在行驶途中抛锚，而那天正是苏联共青团二百周年诞辰纪念日，这个组织在老妇人们中间可是人气旺盛。不过从此他再也没有开过这辆车，人们在养老院遗址西边还能隐约辨认出这辆车的残骸，它被生长着的巨大落叶松紧压在地面上。森林又慢慢茂盛起来。另一些数字：有关黑斑小麦养老院相对偏僻的地理位置，在它二十二公里之外，有一家废弃的实验农场，用核能供应温室大棚。当核反应堆燃料棒开始融化时，农场便被社员们抛弃了。暴动发生时这里已经关闭，只留下两名工程师看守设备。一个男的，五十二岁的塔拉斯·布洛克，另一位是里塔·阿尔瑟纳勒，一名饱受抑郁之苦的女物理学家。据说她整天坐在核反应堆前滚烫的水泥墩上，倾听核裂变时的轰鸣声，闭着眼睛，嘴里念着后异国情调的咒语。塔拉斯·布洛克则常常闯入黑斑小麦养老院，借口为清除那里的放射性污染，实际他是围着罗莎·马托西安打转。暴动发生那天，他带给她一篮子红色越橘，指望对她动手动脚时她能放弃抵抗。现在我们开始参观包括一个基点和四个围绕的部分。我们也可以缩减参观范围，留在同一个地方，比如这棵杉树脚下的小土包。我提请你们注意，这土包其实就是围着当年塔拉斯·布洛克的一台盖格计数器而建造的巨大蚁穴。这里是一截覆着青苔的木桩，表明我们确实来到废墟遗址，而不是泰加森林里的其他什么地方。端详一下这里曾是正墙，眼前还有餐厅、走廊、厨房。孕育了威廉·希德曼的那间寝室位于二楼。稍作努力，我们便可想象出当年维尔·希德曼从窗口跳出的情形，掠过一片秋海棠，又被松树枝弹出，撞倒塔拉斯·布洛克后，灵巧地翻身一跃，踏上朝西北方向的漫长征途。

这一天在厨房里，罗莎·马托西安已经热好了早餐的咸茶，那一篮红色越橘被搁在桌子一角，散发着香气。塔拉斯·布洛克在门槛上放置测量放射性的仪器，它被调节到只在极端情况下才会发出警报声，比如接近放射性峰值时，或仪器在里塔·阿尔瑟纳勒手里时。早晨已经相当炎热，农场附近已破茧的蝉占据了一大片地方，决心要由它们来制定这世界的音乐标准。然而这天早晨的喧嚣并不来自这些突变的昆虫，而是来自帮助维尔·希德曼从虚无中挣脱出来的萨满教仪式。楼道里身体对抗的动静越来越大，因为工作人员一如既往想制服老妇人们。你们现在看见的这个角落是被雅莲娜·赫菲兹称作小客厅的位置，曾经放过一台电视机，但六十年来什么也收不到，因为电视节目早已中断。此刻，那几株巨大蕨类植物摇曳的地方，正是当年雅莲娜·赫菲兹坐着的地方，她正沉浸于对青年时代的回忆，回忆她当年领导一个反资本主义国际机构时所经轶事。罗莎·马托西安退到这个角落时，在脚底下的地毯上打了个滑，她踉跄着一把抓住电视机架子。显示屏砸到她头上，砸破了脑袋。今天已经见不到那台电视机，也看不到长沙发或扶手椅的骨架，以此来遥想一下当时这个小客厅里的悠闲时光。自从屋顶和二楼倒塌后，石灰渣很长一段时间污染了这一带的风景，但现在石灰渣也不见了，被雨水和融化的雪水冲走。风吹散了大部分瓦砾，腐殖土让废墟变得柔和，一茬茬树木，抹去了原来的痕迹。从这截落叶松树桩再过去一点，露出一段楼梯，柳德米拉·马托西安就是在那里被老妇人们推倒，一名助理看护也是在那被拧断了脖子。还有之前上楼去寝室的女院长的下场也差不多，她落到一个用祭祀贝壳做武器的委员会之手，立即被打趴下，滚到寝室门左侧的一张床底下，混在一堆粪便和血水中。激烈的战斗把养老院搅得鸡犬不宁，直到中午。

现在请大家把目光投向这个树桩表面的这层地衣，你们可以看到一种斜向结构，很像第二个蚁穴，实际上那是第二堵墙。里塔·阿尔瑟纳勒就是靠着这堵墙倒下的，在孤独地过了一冬后，她徒劳地来这里守候塔拉斯·布洛克的归来，最后她决定到养老院那边去看一下。现在一到夜里，那地方还会发出荧光。里塔·阿尔瑟纳勒大概死了有一千万年左右，像所有人一样。她那时活了大概四十五或四十六岁。我们不知道此时此刻，丽塔·阿尔瑟纳勒身在何方，处于什么状态。参观到此为止。

28. 弗里克·文思乐

在行走了680个夜晚后，路上有什么事不对劲了，气氛有些不同。我们越来越常遇到横在路上的巨幅帘幕似的东西，必须用刀挑开或用手使劲撕开。有人说这是蜘蛛结的网；另一些人说我们正在做梦，如果说有什么活物张着这样宽幅结实的巨网，那不是为了捕获，也不是为了阻挡我们，仅是为及早感知我们的接近，我们即将进入它们的现实。无稽之谈，我们的队长布里克斯坦打断说。我们穿过的是一片手工制作的船帆，他认为。这是非常宏大的制作，但已被抛弃了几个世纪。我们穿过三角帆、上桅帆和后尾帆，手上沾了一层咸土味；头发和衣服沾了发霉的缆绳味、沥青味、防水油布味；嘴角则沾染了熏肉、碎篷布的气味。我们相互拉开距离避免误伤，每个人单打独斗地劈砍着那些隐约的裹尸布似的东西，从撕开的口子中钻进去。

我们就这样放慢脚步，摸索前行。双手拉扯着帷幔状织物毛糙的裂口。到了第686夜，哨兵突然宣布说发现了曙光。一小时后我们自己的视网膜也证实了这一点，我们从绝对黑暗过渡到了昏暗。

我们并未大呼乌拉，但灵魂表面仿佛有一股电流促使我们说话，甚至大笑。我们把那些帷幔抛在身后，继续朝暗处前行，很快来到一个港口小镇。我们的队伍只剩下五个人：队长让·布里克斯坦、哨兵米达夫·瓦扬、行动指挥弗里克·文思乐、我们的萨满教巫师娜佳·阿哈杜拉纳，以及旅行者克里里·贡波。

过了一会儿，我们进入一条死胡同，岸上的最后一条通道。因为路到此就是尽头，我们失去了好心情。残阳余晖在我们经过的入口洒下紫色的星星点点，我们身后立着坍塌旧仓库的残垣断壁。我们在瓦砾堆里艰难向前，来到盆地边缘，凝视着那些躺在淤泥中的破损小船，一言不发。眼前的场景令人沮丧，小港湾早已变成一片让人伤心的淤泥。一公里之外，海浪翻滚着白色泡沫像一道道花边。

“1200米外是咸水。”哨兵估摸说。

弗里克·文思乐没要人陪，独自走到防波堤，在一块有裂缝的石头处，无法继续往前，遂折返回来。

码头上空无一人，海面也不见人迹。远处唯一可见的像是一座小岛，但哨兵向我们保证说那小岛用不了一星期，等那堆肉被分解、被海鸥与蟹类撕碎后，就会消失。什么肉？克里里·贡波问。仔细察看一下后，我们发现那确实是一堆松软的肉，一条硕大无朋的鱿鱼僵卧在一片滩涂上，没能及时逃离死亡。但从昼行鸟类的角度看，我们到达的时间并不合适，海鸥已不再围扑那里。

弗里克·文思乐对这个场景背过身，坐到一根缆桩上，闭上了眼睛。面对这片废墟，透过闭着的眼皮，可以模拟出夜间效果，他以自己的方式进入这片无人居住的居民点。

对于重要决定，现在大家都转向听取弗里克·文思乐的意见。在我们的一路漂泊中，队长犯下太多错误，因此丧失了所有权威。至于巫师娜佳·阿哈杜拉纳，她本可以做个好参谋，但她自闭的天性朝着不好的方向发展，她不再同我们交流。

弗里克·文思乐沉思了一分钟后，开口说道:“这事，开局就错了。”

我们坐在瓦砾堆上，克里里·贡波屏住呼吸。我们猜想总有一天他无法再拖延他的消失，总有一天他的潜水要结束，那时他就会晕过去。

“混乱拥挤的局面几乎使我们发疯，”弗里克·文思乐继续道，“在我们将要面临的境遇下，自我封闭将会是一场噩梦，必须群居一起的念头让人心情沉重。我们讨厌这念头，对此厌倦，恨不得彼此厮杀一场，我们无法克服自己的攻击性。我们身上这种令人讨厌的冲动，令人憎恶的动物本能，支配我们去伤害身边的人，去制服他们。日夜处于这种封闭的穹顶下，我们将丧失博爱的概念，失去我们的所有优雅。”

他清清嗓子，他的预言尤其让我们紧张，因为我们很难理解他说的话。他是在暗示即将发生什么事或是在暗示遥远将来的什么事?

“我们最终会接受我们道德上的极度丑恶，这太可怕了。”他嘟哝道。

因为他不再说什么，过了一个还是两个小时，我们都四散开去了。

黑暗再次包围了我们，我们依然是五个人，继续呼吸着或屏住呼吸。我们相互间离得足够远以避免相互撕咬、杀戮或把对方撕碎的冲动。

好几年时间，我们再也没有弗里克·文思乐的消息。海风时不时送来几声海鸥的鸣叫，飘来腐烂抹香鲸和腐烂鱿鱼的恶臭。有时我们醒来，有时我们去废墟游荡，有时一连几个月什么事都没发生，文思乐演讲中用到的那些词语并没有变成现实。我们感觉透不过气来，封闭压抑的感觉萦绕、折磨着我们，我们的优雅已丧失殆尽，但我们仍能保持耐心，没有发生争斗。有时我们在防波堤附近聚集，简短地相互交换几句，随即转向别处，走向更深的黑暗，回到每个人都保守着秘密的栖身地。偶尔也有人出去寻找通往海洋的道路而陷入泥坑，或者为寻找一条小船而负伤。

最终，我们抵御住了犯罪的冲动。现在我们知道弗里克·文思乐去了隔壁的城市工作，做一名公交车司机;哨兵瓦扬最近刚与一名本地女人结婚，后来就不来港口一带了；而克里里·贡波则不再出现。从队长那里我们得知，他趁着资本主义复辟，开了一家埋双桅船的店，但一个顾客都没有，所以他很抱怨。我觉得在我们的处境下，最好不要轻举妄动，而是耐心等待。当我说我，指的是娜佳·阿哈杜拉纳；当我说等待，我并不知道等来的会是什么。

我没有动。

我在这里等待，面朝大海，面朝留下来的一切。

29. 杰西·陆

一旦完成我给自己规定的工作量，我便靠着体育场的水泥台阶，看当地篮球队的友谊循环赛。夜色渐浓，蚊虫毫不留情地攻击湿漉漉的皮肤，一波又一波，叮咬所有还有些血色的地方。每当这样不重要的比赛，赛场内的探照灯不打开时，运动员不得不利用场外马路上的路灯。选手们在越来越深的夜色中打球，一面手忙脚乱地控制看不太清楚的那个球，一面还要拍死叮咬她们小腿和脖子后侧的蚊子。我能听到拍打声和运动员的喘气声，听到皮球反弹的和撞到金属篮筐发出的回声，听到她们策略性的叫喊或懊恼的叫喊。从叫喊声可以辨别出这是一支女子球队，由避难的中国女人组成。水泥台阶极不舒服，无法在同一体位坚持良久，我站起身靠着铁丝网。克拉拉·古德祖尔这时从运动员们留在第一排台阶上的衣物前经过。她是从看台下钻入的，手里拿着一根铁丝钩子，翻检着逃过我眼睛的空塑料瓶和铝箔纸盒。她把这些东西放入一个比她人还高的大袋子里，卖给废品回收站，像我一样，挣几块零钱勉强让自己活下去。因为现在的资本主义允许个人发展和私有买卖，而不是提供给我们以为一生天然拥有的养老金和养老院。克拉拉用铁钩子在角落里乱翻，毫无顾忌地四肢趴地捡拾她的战利品，全然不管别人的目光，也不管会不会有老鼠或蜘蛛扑向她。随后她佝偻着腰，黑不溜秋地躬身离开，嘴里还在低声抱怨着什么。我们身后的比赛还在继续进行，但很多时候我决定跟着她，拖上我自己哗哗作响的大袋子。因为，我们两个老妇人的命运可以毫无困难地相交，相反，我与那些中国女球员之间并无坚固的联系。我们拖着哗啦作响的大袋子走了几百米，相互间没有说过一句话。我们知道彼此非常相近，却也没什么好说的。我们很快穿过被都市路灯的黄色灯光照亮的马路，来到我们最喜欢的地方，沉船区。

这一次克拉拉用她那老妇人蹒跚的脚步，走在我前面有半个多小时，夜里的暑热和如冲锋枪般挎在胸前的铁丝影响了她的步子。她在盯着一片水洼后的电话亭，上周的雨水让水洼变得更大。水面上繁殖着沼泽豌豆，隐藏在夜色里的那片绿色，在白天看上去一定会让人感动。当我说我，我想指的是我自己，杰西·陆。一条游蛇被脚步声惊动，拨开植被钻入泥淖。植被的缝隙里，水面呈可怕的黑色。那老妇人赤脚绕过水塘。空气里有一种发霉的桂皮味、橡胶臭味，还有兰科植物的香气。这些混合气味让人着迷，总也闻不够。夜间的蝴蝶飞过一些物体的表面，黑暗中看不清它们的颜色，可能是白色或橙色。蝴蝶掠过水淹的人行道，掠过道路尽头的棕榈树，掠过等在电报大楼外的出租车。也或许在黑暗中，它们是朱红、绯红或深蓝的。克拉拉·古德祖尔朝蝴蝶群走去，抓住挂着电话机的木柱，手和脑袋拼命地伸向电话机。她身材矮小，甚至还没她的铁钩子高，花花绿绿的裙子拖在潮湿的草地上。本应该拴住衣服的腰带已什么都拴不住，她衰老的身躯萎缩在两块布片中，乳房已干瘪成两个斑点。我与她一样，也失去了往日的妙曼和风采。人们从我身边走过，对我视而不见。当我说人们，并没有特指什么人，因为人行道上除了蝴蝶，并未有可辨的人形。克拉拉·古德祖尔拨了886这个号码，然后半打着盹儿等待电话接通。我蜷缩在电话的另一端。克拉拉·古德祖尔可以听到我，她在电话线那头听到了我的叹息声。但因为她长久没有说过话，费了很大劲才吐出一句："请给我接一下瓦伐利亚·朗多克。"她终于说道。"有什么事？"我伪装了一下自己的声音，问道。"这里是克拉拉·古德祖尔，"她说道，"我需要今后几年的行动指令，没有其他事。”“我就是瓦伐利亚·朗多克。”我说道，“你能打电话来真好，克拉拉。”“是你吗？瓦伐利亚？”她有些激动起来。“我很高兴听到你的声音，你在哪里？”我问。“我不知道，”她回答说，“七八年前，我在琅勃拉邦一带转悠，但之后我又从琅勃拉邦出发走了很远。”“琅勃拉邦，现在那里也实行资本主义了吗？”我叹了口气问道。“我不知道，”她说，“几乎没什么人了。还剩几幢房子没有倒塌，岸边还有几座庙宇，还有一支篮球队。”“那资本主义呢？富人们呢？”我打听道。“我不知道。”克拉拉·古德祖尔说。“我很想干掉几个富人，但我从来没有碰上过。如果你看到他们，杀了他们，可以请篮球队员帮忙。”我说。“我没有碰到过，”她强调说，“我没在任何地方碰到过任何人。”

30. 克拉拉·古德祖尔

空瓶子、空盒子在旧货商的院子里堆成两座小山，在夜色里看上去呈均匀的青蓝色。堆积物时有倒塌，总是有一两只小动物捣乱。一只老鼠或一条小狗，忙着乱刨乱翻，指望找一点残留的糖果。有时也可能是只猕猴，同样饿得皮包骨头、毛发稀疏。可以听见它们潜入时的响动，有几只盒子突然滚落，什么东西便一下子逃开了。当小山垛安静下来，周边香蕉树上的昆虫开始嗡嗡作响。高分贝的嘈杂声让人不得不提高嗓门，当然是有话要说的时候。不过现在人家又有什么话题好说呢？当我说人家，我有点想到克拉拉·古德祖尔从黑夜里走来，身后拖着捡破烂的大袋子，横挎着卡宾枪似的铁钩子，像个下等人那样佝偻着腰，积满污垢的脸上是一副长生不死的表情。她会说出什么话？对谁说呢？她又能指望得到怎样的回答？谁会回答？

昏暗的灯光下，克拉拉·古德祖尔把白天的战利品拿来过磅，随后进行分拣，因为人家要求她把塑料和铝箔分开。相比刚才，这里的“人家”当然不是指克拉拉·古德祖尔。尔后她收到她的报酬，美元。因为货币与商业规则一起被重新引入到社会中。人家一般会付给她二美元。

“因为是你，我就多给你点，凑个整数。”收旧货的人说。

克拉拉·古德祖尔把脏兮兮的票子塞到她腋下的衣袋里，随后她捡起铁钩横挎在胸前，转身离去。根据她的心情，有时是低声抱怨，有时是默默离开，走出光照的范围。

她消失在大街上，转眼不见了。

一盏电石汽灯挂在店铺门廊，照亮了柜台和旧货商滑稽可笑的苦脸，那是一张收入卑微、被酒精损坏了的脸。柜台前的地上，堆满了瓶盖、各色碎纸片和锈铁。因为旧货商也收购废纸和废铜烂铁。

有时候他没钱付他的供货者，当我说供货者，我主要指我本人和克拉拉·古德祖尔。旧货商就从旧货堆中拣出一些旧玩意儿来应付。他不付给她们通常的二美元，而是从我们刚捡来的塑料瓶子中挑出一个给她们，外加四五本从一堆画报中抽出来的杂志。

“拿着吧，第五本白送，很漂亮的，全部彩色。”老板说。

克拉拉·古德祖尔没有抗议，她知道用不着抗议这样的资本主义行径，只需耐心等到起义的那一天，就可宰了欠我们钱的人。她转身走到暗影中。

她在大树下泥泞的小路上前行，朝河岸方向疾走了大约一刻钟，忍受着蚊子的攻击，穿越包围着她的、散发着各种气息的黑夜，终于回到她称之为“家”的地方。那是用橡胶树叶遮挡风雨和遮挡不幸的一小块干燥的地方，一个草褥子，一些柴火。她坐在那里休息，小口地均匀呼吸。但她不睡觉，自从过了二百五十九岁生日后，她失去了睡眠，她再也不需要睡觉。

她等待月亮升到天空，照亮透过树干隐约可见的河水。

当光线足够亮时，她拿过那几本替代她工资的杂志，翻阅。倘若不是人类正在走向灭亡，杂志上的广告应该会很成功。杂志被黑社会所控制，刊登着裸体女郎的照片。那些年轻女人对着目标物叉开大腿，甚至完全张开阴唇，让人看了还想再看。克拉拉·古德祖尔带着温柔，凝视着这些未被查禁的身体细节。她已有太久不知道自己穿衣服和不穿衣服时是什么样子。她很愿意想象以这样或那样的方式，她的肉体可以像杂志上的裸体女人那样，继续凹凸有致。她看着那些面带微笑、眼神却毫无笑意的女人们，疑惑她们为何甘心为妓。是不是黑社会伤害了她们，逼迫她们拍摄这样的照片？她们为此可以挣到多少美金？她们是否知道是维尔·希德曼一手造成了商品社会的回归？她们是否听说过瓦伐利亚·朗多克的名字？她小心翼翼地与她们交谈，生怕冒犯了她们。她估计现在她们早已被彻底蹂躏或者早已死了。

月光照耀，河水泛起粼粼波光，夜色朦胧。码头附近狗在吠叫。克拉拉·古德祖尔与那些裸体女郎们交谈，提醒她们这里或那里有几颗美人痣，最好还是留心一下；告诉她们人家可以从她们的眼神中看出倦怠。她向她们保证她会马上过去，我们会马上过去，我们将再次消灭美元帝国。她指给她们看靠着棕榈树的一把卡宾枪说：“我向你们保证，你们自己也可以毙了那些黑手党和维尔·希德曼，如果这能让你们松口气，如果你们不知道该做些什么来迷途知返。”她又接着说：“总而言之，我会给你们寄一盒磁带，瓦伐利亚·朗多克在里面解释了当什么也做不了的时候，应该怎么办。”

31. 朱莉·罗夏科

吉米·尤格瑞夫，一名新世纪的暴发户，站起身。这个早晨对他和对其他人都一样，开头就不吉利。室外狂风大作，飞沙走石。首都被淹没在一片细沙尘中，就如当年沙漠中的村庄遭遇了沙尘暴。那时还有沙漠绿洲，那时沙丘还未溢出灼热的沙床，蔓延到从前繁华的地区，将它们窒息，直到它们屈服，再无可分享之物；那时地图上的名字还有意义，举几个美丽的地名：安大略、达科他、密西根、楚科奇半岛①、布里亚特②、老挝。那时，从前的商业系统、货币、从前的阵营还在运行。而现在，首都正遭受狂风的肆虐，垂死大地呼出的气息在房舍上空噼啪作响。吉米·尤格瑞夫走进卫生间，尽管他的公寓十分奢华，却没一块玻璃能隔绝室外风沙的进攻。沙粒扎到他的手和脸，他呆立在那儿，对材料的易碎感到失望，并在这一切后面感受到了他自身的脆弱。他随即从西向的斜天窗朝外看了一眼，城市上空只见一团团拖地长裙般移动的沙尘柱，砖红色、朱砂色，仿佛来自火星。他不得不闭上眼睛猛咳一阵，因

① 楚科奇半岛(Tchouktche)，是欧亚大陆最东端的半岛，属俄罗斯。

② 布里亚特，俄罗斯的一个加盟共和国，与蒙古国毗邻。

为无数沙粒钻入他的喉咙和眼皮下。他打开水龙头，没有一滴水流出。他低声抱怨了几句这个开局糟糕的早晨。他的思绪围绕这念头展开，重现了刚醒来时的印象。在他停止睡眠的那一刻，他听到了沙粒扑打玻璃的声音，因为像许多新贵一样，他有能力给自己的卧室安装了玻璃窗。他记得在这短暂混沌的几秒内，他忘了他正在做着的梦。而现在梦中的场景，确切地说，最后的片段突然变得十分清晰，无可辩驳地预言了某件可怕的事，让人目不忍睹。他站在一座脏破平房的门廊下躲避瓢泼大雨，他在对一个女人说话，女人不回答他。但他却知道她的名字，喊她朱莉·罗夏科。从梦境初始，她就是他肉体的伙伴和命运的伙伴。六十八年前，他日夜陪伴着她，看着她渐渐失去理智。但现在她不理睬他，她的疯病日趋严重，也许她决定从此做个失语症患者。她不跟他说话，而是看着面前的热带草坪，翠绿欲滴，十分漂亮。她带着爱意注视着前面两头相互凑近的大象。因为雨势很大，它们的身体仿佛被雨丝给蒙上一层晕线，看上去像一团雾。它们摇晃脑袋，甩动长鼻子，瞬间举过头顶。就在此时，突然出现了可怕的景象，大象脸上，有几道骇人的伤口，激流似的雨水正冲刷着它们。我想如果人对这些动物满怀善意时，是可以用“脸”这样的词语，我就是这样。当我说我，我想到了自己，同样还有朱莉·罗夏科。大雨不断地冲刷着流血的伤口，从象鼻前端到乱蓬蓬的头骨隆起处，大象脸上的皮肤被砍成四大块。每当大象晃动脑袋，被砍伤的皮肉半耷拉着下坠，一侧脸颊几乎已被劈开一半，那大片半脱半连的皮肤被甩来甩去。大象再次躁动，它的伴侣与它做着同样的动作。它们把象鼻管卷向天空，双耳下垂，那一大块被砍伤的皮肉时被掀开，时而又合上，眼睛里流露着祈祷和深情，用一种没人听得懂的语言。滂沱大雨冲刷净了血迹。这就是当吉米·尤格瑞夫听到沙粒扑打玻璃窗的瞬间，梦境里那个画面，现在突然浮现在他的记忆里，可怕的噩梦。真是个可怕的日子，让人忧心忡忡。他终于止住咳嗽，在流不出一滴水的水龙头前呆若木鸡。随后他在灌满沙子的便池里撒了一泡尿，等回到房间时，天空浸染在一片火星般的红色里。他把目光投向床铺，那里躺着一个醒着的女人，他妻子，伊玛·尤格瑞夫。他对这个女人说我做了个可怕的梦，可她用不耐烦的手势打断他，因为她不想一大早就受他情绪的影响。他闭上了嘴。隔壁房间孩子们在喧闹，刮风的日子让他们莫名兴奋，他们知道今天哪儿也去不了。地球荒芜的氛围让他们变得有些古怪，他们很快会玩着说一种谁也听不懂的话，或者从玩具箱里拖出他们的铜喇叭，或玩愚蠢的电子游戏。他们从来不读暴发户的孩子该去读的那些书。吉米·尤格瑞夫急着要去孩子们的房间，他会发火，会责备他们对任何事物都漠不关心，呵斥他们的顽劣无知，他无法容忍他们表现出的胆怯懦弱。瞧孩子们刚把一卷打孔谱纸放到唱机探针下，隔着墙壁传来一位当红歌星的声音，模仿着瓦伐利亚·朗多克有节奏的诅咒，那位永生不死的老太婆当然一直在控诉一切平均主义的内容。吉米·尤格瑞夫想起朱莉·罗夏科，想起他们的共同生活。他很惋惜只有瓦伐利亚·朗多克的声音和音乐回荡在屋子里，他为之忧伤。其实他一直希望瓦伐利亚·朗多克的火星人似的红色部落能横扫一切废墟，赶走所有暴发户，直到无一人、无一物还能动弹，直到他，吉米·尤格瑞夫可以安宁地与他所爱的女人朱莉·罗夏科一起安息，与她一起融化在大象与爱情之中，等待她的疯病痊愈。是的，这天的开头真是糟糕，毫无疑问。

32. 阿芒达·伊切库特

把他绑在行刑柱上的绳子已经腐烂，维尔·希德曼有时也会挣扎几下，比如当他刚朗诵完某位奇怪叙事者的故事，或者当夜里气温低于零摄氏度。有一天，绳结有些松动，后背的绳子突然就散开了。

老妇人们一直用枪瞄准他，自从上次枪决行动失败后，两年来一直如此，她们卧在蒙古包附近盯着他。莱蒂西亚·希德曼肩上扛着卡宾枪，眨了眨爬满皱纹的眼睛。她喊起来，说捆绑希德曼的绳子松了。所有人都忙乱起来，索朗热·巴德很敌意地抬高了手中的枪，但和以前一样，老太婆们并没有开枪。

希德曼挣脱出双手，但静立在柱边没有动，在寒风的呜咽中陷入沉思。他似乎不懂什么叫逃跑，任凭寒风抽打自己。他凝视骚动的天空和深秋的飞鸟，草原上的云雀在风中盘旋。当我说云雀，我尤其想到阿芒达·伊切库特。

希德曼没有利用时机，他的机体已经发生蜕变，狂奔乱跑对他已变成一件困难的事。在冬季放射性雾霾的作用下，他病态皮肤上的长片鳞屑，看上去就像壮观的白色金枪鱼鱼鳞。远远看去，希德曼就像一卷海藻上面晒了一颗脑袋。他继续喃喃叙说着一些奇怪故事，以此证明他坚守在生与死的中间状态。当然，他并不具有真正的动物性物质，也没有生理需求。这个希德曼已经枪毙不了，老祖母中常有人这么说。他已经变成一张折页的叙事谱纸，为什么还要用铅弹去粉碎呢?

他已经与那个被她们判处死刑的孙子毫无共同之处，他给她们讲一些迷人的故事。“干吗要强迫猛打一个能让我们入迷的人呢?”有人说道。

老妇人们趴在低矮的大黄和稀疏的沙狐草丛中，躺在骆驼和牦牛的粪堆里，一直没放下手中的卡宾枪。她们默默地抽着烟斗，每当思考重大决定时都是如此。

阿芒达·伊切库特看到莉莉·扬站了起来。我说阿芒达·伊切库特是为了不总用第一人称。我听到她建议说大伙应该推举她为代表去通知希德曼，他从此可以自由行动。“我去，”她说，“我去告诉他我们的条件，比如继续为我们提供那些稀奇古怪的故事，禁止在我们控制之外的地区居住，避免被资本家与人民的敌人诱惑。”

雅莲娜·赫菲兹说：“完了。她又开始了。”有人随即咯咯笑着说：“现在，没人能让她停下了。”第三个老妇人，我觉得可能是莱蒂西亚·希德曼，从嘴里拔下烟斗说：“对，当她这样开始说话时，没人能让她闭上嘴。”

阿芒达·伊切库特飞向希德曼上空，后者已经以他的方式叙述过这些事件，我开始重复他的喃喃自语，有一二个音节的时差。他的第一人称不是指向我，而是他自己。

“她们一直在交头接耳，”他说，“说个不停。”她们干瘪皱巴的脸都很相像，只有靠她们的头饰才能区分。比如玛格达·切克戴一顶无装饰的直筒毡帽，索朗热·巴德束一条插了鹧鸪羽毛的束发带，还有人用翠绿或天青蓝的绣片贴在颧骨上，遮掩风干的皮肤。天气越来越坏，她们退回蒙古包，把我一个人留在大雨中。不过雨很快停了，她们又忙着去照顾牲口群，接着又重新躺倒在潮湿的草丛里。夜幕降临，水结成冰。10月底的深夜，已是寒意蚀骨。然后早晨来了，阳光艰难融化水塘的冰面，然后黄昏与寒夜再次降临，月亮露出四分之一的上弦。一切在快速流逝，而老妇人们还在讨论是否要在春天来临之前处决我。日复一日、夜复一夜地讨论，月亮已成四分之一下弦月。然后太阳短暂地露一下脸，西边的天空颜色渐失，夜晚来临。第二天过去了，几个星期过去了。尽管老妇人们有需求，但每二十四小时不超过一个故事。到了 12 月、1 月，暴风雪肆虐，草原白天时茫茫一片，夜里又白得刺眼。老妇人们轮流回去取暖，时常有某个头戴红帽或头插羽毛的老太婆开上一枪，子弹从我耳边擦过，嵌入木桩。奶茶香味飘向我，还有烤牛粪的气味、毛毡外套的气味。每天不超过一个新奇的故事，在这一点上，我非常坚决，但如果你问我的感受，我很乐意不再与资本家们搅和，而是重新与老祖母们在一起。

33. 吉娜·隆费洛

莉莉·扬受命去向希德曼宣布他的减刑，我们听到她的脚步声，小毡靴踏过白色与紫色的布达干草，它们的细枝早已呈枯灰，轻轻一碰便成粉末。三百岁的老妇人走在一条连牲口也不涉足的小径，自从她们上次用奶酒灌醉希德曼并想开枪处决他之后，两年来这里成了禁区。环绕这一带的风景平淡无奇，一片微不足道长了些牧草的小山谷，一方微不足道的洼地，还有一些希德曼眼里亲切的鹅卵石，他甚至还给它们取了外号。希德曼是这儿的中心，因为他现在被松绑了，中心便一分为二:那根脏黑的行刑柱、两米开外同样脏黑并十分古怪的希德曼。戴一顶滑稽的红帽子，正慢慢走来的莉莉·扬则构成了第三个中心。

她开始滔滔不绝，每次莉莉·扬开口说话便刹不住车，她向来如此。当夜晚的寒气扑面而来，当最初的星辰已在天际闪烁，她的长篇大论还未结束。

“你一会儿可以进一个边上的蒙古包，”她说，“或者也可以住在瓦伐利亚·朗多克的毡房里，因为她出门了。我们的瓦伐利亚出去攻克最后的文明堡垒，以修补你做的蠢事。她一时半会儿不会回来，我们重新启程游牧时，你可以拔帐与我们一起走，我们必须看住你。还有，如果你想要几头牲口的话……”

希德曼在她面前走来走去，笨拙地想躲避她。他不喜欢被赦免:首先他觉得自己死有余辜，其次他永远都会感谢老祖母们没有让他挨枪子，他也不喜欢莉莉·扬的啰唆。另外，这老太婆呼出的气让他反胃，混合了各种熏人的气味:大黄、骆驼奶酪、腐殖土、嚼过千遍的口水、奶茶、长生不死、兵团黑话、牛粪火堆、沾满焦油的烟斗，以及青草汤和炊烟。

夜色加深，月亮升起又落下。还剩一个半小时的黑暗，黎明将跃出东方，然后又是新的一天过去。希德曼像动物寻找地衣似的，低头悄悄看着地上。他晃动油腻腻的长发辫及手臂上垂下的一束束泡状皮瓣。晃动从他的颈部出发，沿着覆盖上身和双腿的长条鳞状皮肉蔓延，他也跟着一起晃动。又过去了好几个寒夜，月亮渐渐瘦成一道细眉。携雪的云团几乎要贴着草原，但雪还是没有落下。白昼越来越短，与黑夜交替，大地被冻得蜷缩起来，瑟瑟发抖。暮色里，一丛丛紫色的布达干草早已四处飞散，被雾凇冻裂，白色的布达干草也只剩一层黑色草皮。太阳拒绝暖化这些景色，出现在黑色天幕上的星星，也在酸化中变苍白，在邪恶的闪烁中蜷缩。白昼与黑夜的景色交替出现，就像一架没有调好的机器放出的幻灯片。

这时莉莉·扬还在一股脑地诉说着老妇人们做出这个决定的理由。希德曼往前往后或往左往右挪动脚步，他的影子不甚清晰，姿势一会儿看上去像个拳击手，一会儿又像一头被高烧烧坏的绵羊。有时莉莉·扬盘腿坐下休息片刻，抽一袋烟或嚼一块从口袋里掏出的干奶酪，或拆卸她的卡宾枪，给它上点油。

希德曼没地方可去，尽管被莉莉·扬单调的长篇大论搞得心烦意乱，他也没有走远。还得加上一句，对于死亡的长久担忧已经把他消耗得筋疲力尽。他刚缓过一点劲，不想叙述太长的故事。两百米以外，在这片圆形禁地的边缘，希德曼的其他老祖母们似乎也对莉莉·扬的喋喋不休感到厌烦。时不时，她们中的某一个感觉自己的记忆力似乎出了问题，请她的小孙子不用去管莉莉·扬，而是给大家讲个稀奇的故事。她们确立的方法是，从希德曼嘴里吐出的那些奇怪叙事，填补了她们记忆中的裂隙，尽管不一定是具体的细节，但这些叙述唤醒了她们曾经做过的美梦或者噩梦；帮助老妇人们专注到她们有些枯燥乏味的视野，勾起令她们兴奋的昨日体验。那些故事以音乐化的方式，用模仿、复调和魔幻，影响她们的潜意识，它们就是这样起作用。

恰巧这一天玛格达·切克发现她年轻时代的某段遭遇正面临化为虚无的危险。她曾经爱上过亚达姆·热威，一名娶了她的好友的男子，是一位现实主义作家。她的好友诱惑他，最后成功地嫁给了他。他不得不离开，她跟着他去流放。她突然记起那位好友吉娜·隆费洛，她们已有二百二十年不通音讯。全球大革命胜利前，她曾与她同在办公室工作。她一直留在工作岗位上，而她自己，玛格达·切克，则去了亚达姆·热威被流放的那些处女地。

“嗨，希德曼！吉娜·隆费洛的名字你有印象吗?”她喊道。

因为希德曼并没有想讲故事的样子，她开始朝他匍匐爬去。她的卡宾枪在月光下的枯草丛里、在霜冻的地面上移动。希德曼看着她靠近，不知道要做什么，也不知道要说什么。对他来说，隆费洛就是一块小石头的名字，在一块叫热威的石头边上的那块石头。玛格达·切克的脑袋从绣花外套中伸出，就像乌龟从甲壳里探出头。

“当然啦，”莉莉·扬还在继续，“我们不知道瓦伐利亚·朗多克什么时候回来。但在这过程中，你可以住在她那里，在她的屋顶下安顿，点上小火炉。帐篷里有牛粪砖，就在进门的右侧。”

玛格达·切克现在已经靠得很近了，她双手撑起身体用急切的口吻请求希德曼，请他讲一个古怪的故事，要把吉娜·隆费洛或亚达姆·热威或她自己，作为故事里的主要天使，并且要求他立刻就讲。因为他哼了一下鼻子表示不满，她便凑上去使劲摇晃他，缠住希德曼的一条皮瓣脱落下来，留在老太婆手里。

“现在，你满意了吧。”希德曼嘟哝道。虽说他并未感觉任何疼痛，但他深深地厌恶这样的撕扯。

“哦，是的。”老妇人答道。

她后退几米，滚到碎石堆里，嘴里结结巴巴地念叨着什么。她十分满意地把那条抢来的半米长的皮瓣凑到半瞎的眼前，努力辨认上面的字迹，装着在夜里阅读的样子。

她假装贪婪地解读刻在希德曼奇怪皮肤上的那些图像，装出一副找回了她的朋友、亲人及消失了的记忆的模样。她很心满意足。

34. 马里卡·巴雅拉戈

船到岸已经一周，但起航的许可迟迟未下达。几天来，愤怒的游客躁动不安。每天早晨一到七点，他们便聚集在一起，观察静止的海面和杳无人迹的港口设施。随后他们去攻击船长的舱房，猛烈拍打包裹铜皮、铜钉的厚厚的舱门；或者他们拖着行李出现在舷梯，徒劳地试图打开舷梯，放到船侧连接陆地。船长拒绝与他们沟通，或者仅通过走廊入口连接餐厅的告示板，在天气预报与菜谱之间，用图钉揿上几张小便签。船务组给出的理由匪夷所思，管理层回应人们的问题也是能拖则拖。我并不知晓这些愤怒旅客的姓名，因为坦率地说，我不怎么和他们来往，他们九点左右便会分散到统舱各处。然后可以看到他们带着愤懑游荡在不同的走廊和公共空间，越来越烦躁不安的脸上开始淌汗。他们一共有六个人，但自从和水手在舷梯打过一架后，只剩下四个。

船上的光线越来越昏暗，一股热烘烘的水蒸气一大早就升腾在停泊地。船体一侧耸立着一幢高大的建筑，是一个占据了好几层的大商店。建筑物的影子一直罩着我们。那群旅客开始抱怨人家让他们生活在昏暗中，借口这种昏暗造成生理上的不适，他们不再换洗衣服，越来越不修边幅。当他们经过时，嗅觉灵敏的人不禁抽抽鼻子。“这些外国佬不再漱洗。”某个难得见到的水手向我搭讪道。这个人来自靠近秘鲁的沙漠地带纳斯卡地区，正是莉迪娅·马瓦尼众多梦境展开的地方。那时我还在同她一起睡觉，是我与她失去联系之前很久远的事。“外国佬很臭，”他继续说道，“他们的皮肤不用肥皂清洗，臭味刺鼻。”

断电越来越频繁，最后照明问题被统一管制。晚上船务人员发给大家一些提灯，里面储备的油少得可怜。游客对着只冒黑烟不见火苗的灯大骂，或对着火焰蹿太高的灯大骂，那样会很快用完配给他们的夜间燃料。现在他们都在酒吧里安营扎寨，在那里一起叹苦经，把身上动物般的臭味聚集一起，一边还挥舞着酒杯，做出粗鲁的模样，就像蹩脚电影中二流演员的表演。酒吧的货架早已被扫空，他们吮吸的饮料中没有任何酒精成分。船上除了温热茶水，没有任何其他饮料。

斗殴发生在一个周五。周六时，我作为一个略通萨满教的下等人，与那名纳斯卡水手及一位乘客代表一起，受命把那几个丧生者的尸体送到岸上。上述乘客名叫希洛克·巴雅拉戈，通过抽签选出。我特别想指出的是，他的身材看上去发育不良，苍白的脸上没有表情，也未见一大早出汗。眼睑下垂，让他的眼睛看上去就像两道黑黑的细线。我们寻思着一旦上岸，他会不会趁机逃走？但船长给我们的指令是，不用追踪他，随他去。这样的话，就看他的造化了。

我们带着尸体进入船体下部，舱底热得像个大火炉。憎恨外国佬的那名水手，晃动着手里的提灯，察看金属舱壁，在寻找某个数字标记。我们右侧有一排密闭的活动板门。当光晕照到 M891 这个数字时，水手看上去松了口气。

“需要打开的就是这扇门。”他说。

我们花了好几分钟时间对付那些固定活板门的螺帽，巴雅拉戈没来帮我们。出口正好位于吃水线上方，我们一掀开活板门，一片蓝色光亮投过来。我们面前的水，呈现一种被油污染后的黑色，水面上漂浮着一些塑料泡沫碎片。这个出口已经足够大到我们可以实施行动。我们需要背着尸体，抓住一道生锈的梯子，跨过水面，爬到三米高的岸上。这里的水如此黏稠，在半明半暗中，竟然听不到一点汩汩之声。

我们带着一些绳子。我就不在这里详述我们的行动了，简单地说，用绳子运送尸体很管用，不用把尸体抛弃在海湾里。希洛克·巴雅拉戈是最后一个踏上我们脚边及他倒霉同伴尸体边上的这片水泥地。他在他们面前站了十五秒，十分焦躁，根本无心哀悼，大滴出汗。我们继续将这些包袱拖到船长叮嘱的地方，五十米外的一个大水槽后面，把他们平放在那里，死者就可以永远避开来自船上的目光。

希洛克·巴雅拉戈什么话也没说。我们偷偷打量他，估摸着他何时会突然撒开脚丫子，在那些生锈的集装箱和起重机之间左躲右闪，一直逃窜到迷宫般的仓库一带。在那里，他很容易躲藏起来。

因为他没有逃跑，我们就拖着那几个死了的过客往大水槽后面走去。码头上炎热而寂静，过客垂着手臂，脑袋在凹凸不平的地上轻轻晃动，腋下沾了一层水泥灰和渣土尘。

大水槽的另一侧，我们看见一堆破布和两只破床垫，半打老鼠和一个老到几乎看不清脸的老乞丐占据着那里。她见我们在离她一米远处放下尸体，并没有责难我们。但随即向我们讨要我们口袋里所有的美元。我们中只有希洛克 · 巴雅拉戈带着钱，显然是打算在逃跑期间，在新地方开始新生活时使用。他有两枚完整的美元和一枚半块美元。犹豫良久后，他突然把钱放到老太婆伸出的手上，并弯下了腰。他不停哆嗦，面对老妇人，突然表现出一种固有的惧怕，仿佛他从前在哪儿见过她似的。

“你是不是马里卡 · 巴雅拉戈？快告诉我你的经历。”他请求道。

老妇人笨拙地去抓硬币，有一枚滚到岸边，落入水中。

“唉，今天运气真不好。”老太婆说。

“告诉我，我能逃脱的机会有多少？”希洛克 · 巴雅拉戈坚持问道。

老太婆毫无表情地抬眼看着希洛克·巴雅拉戈，他牙齿直打战。我们的在场让老太婆有些踌躇。我对着尸体低吟了几句挽歌，随后就离开了。老太婆对希洛克·巴雅拉戈耳语了几句，他喘息着，浑身颤抖。

当我们准备重回梯子时，希洛克·巴雅拉戈离开水槽，双手围成喇叭状朝我们呼唤。老太婆可能对他说今天不是她的好日子，同样也不是他的好日子。他第二次大声呼喊我们。可以猜到被抛弃在岸上的这个念头把他吓坏了。他还在那里叫唤，因为我们不理他，他便疾步朝我们奔来。

35. 拉谢尔·卡里西米

在最靠西的街区，位于扇贝街后面一点，有一些地窖，有人把自己与狗关在那里并把狗吃掉。在紧邻这一带的东北街区，盗贼社会控制了一座房子，人们可以在那里学习如何使用锤子或上了毒药的箭来杀人。再往西北一点，荒凉的道路延续好几公里，连鬼都不住或不来游荡。接下来的街区，当人们斜插到东南方向时，会遇到八个英国逃难者和一个移居的夏延人，还有两个乌达穆特人。继续往南，会来到一个以前的工人合作社向游客兜售鱼干和骨雕的地方，骨雕上刻着共产党人的头像或口号。当年的经营活动，除了一张铺展过久远记忆的可折叠铁桌，什么也不剩了。或者还有某位旅行者在这里停下流浪的脚步，二百一十一年来不再挪窝，脖子上挂着假象牙的捷尔仁斯基[①]小雕像。再往南是一片湖泊，那不洁之水无论冬夏却总是热的。人们抱怨这水冷不下来，即使把盛水的容器放到地上几个小时也不管用。喝到嘴里，水还会讨厌地冒泡泡。湖东岸，人们应该避免穿过那片没有植被的废弃地，从而进入那个萨满教徒居住的街区，那个人以制作一种能让松鼠、水獭起死回生的油膏出名。一旦把它们复活，他又把它们吃掉。湖的南岸是一片旧工厂，那里的原子核能中心已经燃烧了整整三百六十二年。如果沿东南方继续前行，便会来到覆盖了原来的客运车站与各种铁轨的区域。确实，在经过改造的地下，可见十一或十二米铁轨从一堵墙穿到另一堵墙。这是一间拱顶大厅，各种气息积聚在这里影响着人的行为。流浪者躲在这里过夜时，没少转过天黑时找人交配一下的念头，事先未必要相互认识。然后再把对方吃掉。

更远处是几个蓄水池，一些老妇人用那里又脏又臭的水洗头。当这片街区位于你身后时，便可见那条苍天路，穿过那座被人称作法布罗的大桥，有一座只在梦里才可进入的养虎场。老虎是白色的，美到令人窒息，被幽闭在镶嵌在地下的玻璃橱

① 捷尔仁斯基，苏联克格勃的前身，全俄肃反委员会（简称“契卡”）的创始人。

窗内。它们抬起头来回走动，尾巴烦躁地拍打着屁股。它们在等待游客走过时的重量压碎那些玻璃。参观如此条件下的老虎饲养，未免让人气馁，很少有参观者来此冒险。再往北一点，可以看到一片树林。两棵柳树，一棵槐树，三棵白杨，一棵榆树。过了约半公里的沙地后，是另一个街区。一些新贵们以每年二美元的价格雇用一个女人，替他们打扫房间，替他们洗衣服。这个叫拉谢尔·卡里西米的女人已经杀死了好几个资本家，但她并没有吃掉他们。不远处是另一条布满车辙的大道始端，两旁尽是一幢幢空无人烟的房屋。不过在单号侧的第三幢楼里，还住着一个男人，他记得瓦伐利亚·朗多克的所有演讲。只要有人要求，他即可全部背诵。这条路的最北边，人们可见又一些无人居住的区域。当我说人们，我想到的是一些劣等人，比如乌朗·拉夫，就是说我自己。在几千公顷的大地上，先是狂风肆虐的、黝黑的煤渣地，紧接着是一片灰色冻土。如果人们朝东—南—东方向行走约三千七百公里，便可到达一个叫黑斑小麦的地方。有一段时间，兽医们把一些长生不死、不会有什么变化、人家也不可以吃的老妇人，圈禁在那里。养老院远离一切，甚至远离集中营。据说那些长生不死的老太婆们犯了一个错误，一个她们后来一直想弥补的错误。她们让一个用布条扎出来的男人从虚无中凭空降生，他在地球上重新建立了美元流通体系，恢复了黑社会。

如果你不是选择这个遥远的目的地，而是决定回到布法罗，你会首先进到一个院子，一架什么都不连的伊奥利亚转轮，在那里日日夜夜阴沉地吱嘎作响。

36. 阿兹穆德·莫伊思谢尔

我们把失败抛在脑后，坚持不懈，重新出发去地图上已是白茫茫一片的地方。我们想知道远方是否还一直生存着那些男人和女人：约鲁巴人[①]、盖丘亚人[②]、奥罗奇人[③]。俄克拉荷马洼地里是否会浮出什么东西？或者能为躲在湄公河、珠江或乌苏里江流域的人民给点什么帮助？

在一个清风拂面、阳光灿烂的早晨，我们的帆船队出发了。海浪轻拍船体，桅帆迎风鼓胀。随后又传来拍脸的声音和咒骂声，原来是成群结队的苍蝇烦扰着正在作业的水手们。苍蝇出现在船上是因为我们带了一头奶牛，指望它能先给我们提供牛奶，然后再提供牛肉。货舱里堆满各种物品，因为需要满足一次环球航行所需的给养。除了饼干，我们还储备了大量饮

---

① 约鲁巴人，西非尼日利亚民族。

② 盖丘亚人，南美印第安人的一大分支。

③ 奥罗奇人，西伯利亚一带的游牧民族。

用水及氯胺T药片，以备瘴气污染我们的储备物时消毒用。

我们沿海航行到夜里，没有损失一名船员。被这吉祥的预兆鼓舞，我们放弃寻找夜间的抛锚地，决定更加大胆地往西南方向挺进。正当二副过来命令大家升起另一面备用风帆时，船体撞到一颗水雷，迅速解体并下沉，储备货物、那头奶牛及十二个人也立刻沉入海底。但命运的安排是，这场海难发生在离海岸不远的地方。幸存者涉水来到海滩，在庆幸获救的同时却再次遭受蚊蝇的攻击。它们选择不跟随它们的牲口一起沉入海底。

到达陆地后，有八名水手坚决要求解除聘用，穿过田野朝返乡方向走去。我们只剩下九个人，不知道第二天等待我们的会是什么，只有耐心等待夜晚带给我们答案。我们脱下衣服挂在竹竿上晾晒，我们试着睡了一会儿，但蚊蝇一直折磨我们到凌晨。黎明时天空露出曙光，我们中谁都没有合过眼。疲惫的我们套上水手服，幸存的船员为卫生条件和安全而担忧。负责缆索的大副阿兹穆德·莫伊思谢尔在发表了一番激烈抨击后，开始造反。船长遭到了攻击，等他从昏迷中醒来后，心智便有点不正常。几乎所有人都逃走了，我们只剩两个人，其中还包括他本人。我们没有剥夺他的头衔，但撤销了他无力履行的职务。我们，这里指正同你们说话的我，还有那些争先恐后参与投票的蚊蝇。

接近中午时分，我们积聚力气朝西南方向走去，我们的船就是在那边遭遇海难的。一道防波堤横在面前，我们爬上去后发现堤后有枕木和铁轨，我们跳到铁轨上。铁路修筑得高于海平面二米，沿多个海湾组成的海岸线蜿蜒前伸。有时铁路会离开地面，被插在淤泥中的水泥墩子支撑在空中。当然，这些半悬在空中的通道并不是用来让人走路的，因此我们不得不在上面腾挪跨越，十分累人。

我们左侧，旷野在阳光下吱吱作响，一群游荡的野狗快步朝我们走来，远远地就开始嗅我们，充满敌意地狂吠了许久。右侧略浅的海水，闪着波光，偶尔可见几艘破烂的芦苇小船。

船长内心激情澎湃，提高声音告知我他那最荒谬的确信。“你知道吗?”他对我说，“这个阿兹穆德·莫伊思谢尔，我爱他，就像从前在人们还能拥有儿子的时代，爱自己的儿子那样。”或者他对着狗狂吼几声，再或者，蚊蝇叮咬他时，他滑稽地噘起嘴，嘟嘟囔囔。他有关这一切的唠叨实在没啥意思。

将近下午四点，我们看到了一座小火车站，包括一间小房子，一条停车轨道，上面停着一台蒸汽机火车头，一挂煤水车和一节可以运送旅客的大篷车。我注视着站台管理员，他正在屋里打盹，伴着收音机发出的吱吱啦啦的杂音，电台没有播放任何节目。他面无表情地听着我的解释，没表露出一点要帮助我的意思。后来因为天快黑了，他递给我两个饭盒和几袋冻干汤粉，并允许我们在附近的任何地方逗留，直到下一次月圆。据他说，到了那个日子，火车依照冬季时刻表，又将恢复运营。

我们在遮雨棚下安顿下来，因为这个地方人来人往频繁，有些土著喜欢船长无厘头的滑稽言辞，会扔给我们值一两个铜板的必需品，够我们吃用，可以免去在餐馆后院翻拣泔水桶之苦。就这样一周时间过去了，月亮也越来越圆。

船长重新振作精神，当铁路工人过来时，他表示想自己来驾驶火车。人家解释说他没有这个能耐，可他死缠烂打，火车司机只好把他打昏。过一会儿他醒来时，火车已经启动。我们朝着东北方向前进，速度并不很快。就像通常会发生的那样，我们忍不住要回到我们的起点。船长探出身看着左侧的海面，风吹拂着他的头发，他摆出一副胜利者的笑容。火车每七秒喘息一次。银盘似的大月亮，尽管苍白，却给大地洒下一片奇妙的银辉。我们右侧，野狗吠叫着结队奔跑。“这个阿兹穆德·莫伊思谢尔，我的精神之子，”船长叫嚷道，“他多么能在不幸中坚持！……多有勇气啊！……多么好的直觉！倒转罗盘！……他就要跑在我们前面了！……”

我也感觉到一种巨大的幸福，探险历程终于重新开启。朝西南方向或西北方向？这有什么重要？为了继续让司机保持方向，我开始大声对他发出指令。大地的撕裂声在我们耳边呼啸，这个阿兹穆德·莫伊思谢尔！……我们为这大地之歌而欣喜。这是怎样的勇气！……怎样的直觉！……

37. 维托德·扬斯乔戈

这一年的夏至，恰好是个圆月之日。你曾经提出过苛刻的条件：一年中最短的夜、圆月、周五，而且为了降低可能性，你还要加上一条：一个月之内没有磁性风暴，也没有下雨。所有这些条件第一次全部汇集，是在四十八年前，但那个男人并没有出现。

你等在门前，坐在一道挡了路的红色窄沙丘顶部。而阿尔西纳·巴亚基在她摊开在水泥砖上的那些无用的器具中走来走去：长鼓、植物编织的花环、香精瓶子、润滑剂瓶子、酒精瓶子、一顶垂着五颜六色布条的小帽。

月亮渐渐升到你们头顶，路上一片寂静。大楼的墙后偶尔传出母鸡和珍珠鸡的咕噜声。阿尔西纳·巴亚基还负责禽类养殖。

你查看自己半陷在温热沙堆里的双脚，什么也没说。你看着自己破损的指甲、干硬手指、手臂上树杈般的青筋。你凝视着路边无人居住的房舍，黑不溜秋的房子的黑乎乎的窗口，唯有星星和月亮十分明亮。你一遍遍读着阿尔西纳·巴亚基用维吾尔语写在招牌上的字:阿尔西纳 · 巴亚基,萨满教助生殖,萨满教助交配。还在阿尔西纳 · 巴亚基几个字下画了一道线。你目光扫过,你甚至没想过要提醒她招牌上有一个错误,她拼错了一个单词。我们已经触碰到人类历史上一个不但物种正在灭绝,连词语也正在丧失含义的时代。你感觉很放松,对可能发生的事物感到好奇。与阿尔西纳 · 巴亚基一起,你们已经在上周五排练了一次,你已清楚她要求你完成的动作细节。阿尔西纳 · 巴亚基留在屋里,反正她一直在那里,任何时候,都没想过要把你单独留给那个男人。

你说:"你确信他会来?"阿尔西纳 · 巴亚基很坚定地回答说:"是的。"她能肯定那个男人会来,他叫维托德 · 扬斯乔戈,长得有点像恩佐 · 麦迪洛西安。当然,这种相像只是相对的,但他身上确实有点什么让他的身形看起来像恩佐 · 麦迪洛西安从集中营出来时的样子。你还问道:"那他,这个男人,也被关过集中营?"阿尔西纳 · 巴亚基向你发誓说:"是的。"说他被关在铁丝网里整整十九年。并且根据你的要求,他会忍住不与你说话,让你可以更自如地想象恩佐 · 麦迪洛西安出现在你面前而不是其他任何人面前。

月亮高悬在你们的头顶,墙面就像在白昼时一样被照亮。几只大壁虎爬到了阿尔西纳 · 巴亚基的长鼓边。你很清楚性行为会带来受孕,但能繁殖出生命的几率不会超过五百八十亿分子一。这个数字的意义在别处，尤其说明人类完蛋了。一想到你得在某个时候脱下内衣，让那个男人的阳具进入你的身体，你感觉羞愧难当。但一想到恩佐·麦迪洛西安肯定会以延续物种的名义，以物种能苟延残喘的极小可能性，鼓励你接受这样的游戏规则，你稍感心安。你肯定他不是一个资本主义参与者？你再次问道。听着贝拉，我向你发誓这不是一个暴发户，阿尔西纳·巴亚基回答说，他在一个清扫公司工作，他是扫大街的。

月光在沙地上到处洒下银辉，一声叹息飘过你旁边的那个沙丘顶。空气依然灼热，你擦擦脖子、嘴角、眼睛周围的汗水。三条狗从黑暗中蹿出，穿过马路最西端，不吵不叫。“你明白吗？我不喜欢被一名资本主义追随者进入我的身体。”你说。阿尔西纳·巴亚基先是用话语，后来用一口酒让你安静下来，后来你们说话的节奏便慢下来。很快，瞌睡将向你们袭来，每两三秒钟一小下。很明显，那个男人不会来了。

阿尔西纳·巴亚基专注地摆弄着手里的魔法器具，掸去上面的灰尘，拿起又放下。她用手背拂去爬上润滑剂瓶子的蚂蚁。她错误地以为这场活动会发生在一入夜的时候，她已准备好结果：在他睡到你身上时，她会脱去衣服，让维托德·扬斯乔戈看清她的舞蹈，幻想着她及她赤裸的身体。

我说你，我用第二人称单数，是为了不要总说贝拉·麦迪洛西安，为了不让人以为我仅是在讲述亲身经历和我自己。

这就是冬至那天夜里发生的事。

38. 纳伊索·巴尔达沁

老妇人们匍匐在脆弱的草丛上，绕蒙古包围成一圈。其中有人在不停地咳嗽，一定是索朗热·巴德。自从她梦见自己吸入大量氯气后，几周来她的气管快要散成丝丝缕缕。她与一群狼面朝一片冒毒气的沼泽坐着。夜幕下，感觉所有的景物都染上一层绿色，很深的绿。水塘里的水黑中带黄。天上无一点星光，却有一首背景音乐萦绕人心头，一个四重奏小组在演奏纳伊索·巴尔达沁的《第三戈尔德之歌》。狼群克制着长嗥的冲动，因为如此场景、如此音乐、如此氛围，很容易激起它们嚎叫的欲望。有几只狼把头搁在前爪之间，只有眼睛在滴溜溜转动，充满疑惑。另几只蜷成一团，已经死去。

《第三戈尔德之歌》在二百八十一年前被谱写后，还从未在任何地方演奏过。纳伊索·巴尔达沁仍然在几个孤零零的人的梦境中徘徊，她们通常是些女人，年纪很大的女人。没有人花心思去解读他的乐谱，因为他的谱子对所有的人来说，要么太细腻、要么太粗暴，远离人类耳朵的期待。当然，如果人耳还在期待什么的话。将近两个世纪，没有任何纳伊索·巴尔达沁的乐谱被放到任何一个谱架上。后来小提琴手、中提琴手、大提琴手完全从地球上消失了，想要听那《七首戈尔德之歌》，现在只能耐心等待合适的睡梦，于是人们可以体会到以前对巴尔达沁的排斥没有任何客观根据。巴尔达沁的和声里没有任何突兀之处，旋律也无任何智力上的毒害，它们如此动听。确实，此后评价巴尔达沁作品的听众，更符合他作曲时期待的完美听众：活着的狼，长生不死、几百岁的老妇人，死了的狼。

维尔·希德曼半蜷曲在瓦伐利亚·朗多克的床上。自从她离开此地去弥补她孙子造成的损失，这蒙古包破败了许多。希德曼并未在此找到家的感觉，自从十六年前人家赦免了他，并分给他这个居所以来，他没做过任何修理。当老妇人们出去游牧时，他不跟着去，所以帐篷从没有拆卸过，覆盖屋顶的粗麻布开始破损，一部分屋顶也开始坍塌。维尔·希德曼站起来，慢慢地走向挡门的长方形毛毡门帘。他的步子迈得很小很小，因为他身上到处长出的皮瓣妨碍他的行动，常常不小心被绊倒。

“希德曼！”有人在喊。

“希德曼，我们在这里，你还在磨蹭什么？”另一个老妇人不满道。

“我来了。”他喊道。

就是这些苛责的声音，一直是同一些声音，尖厉的音调钻入他的记忆，一直可抵达最初几层，抵达他的降生，甚至更早前。追溯到老祖母的住在宿舍的时代，她们摆弄着他的胚胎，并对他低声讲述，传递给他她们对世界的看法。

他掀开门帘走出去，在门槛处站了五分钟，像头牦牛一样笨拙。

“我在听巴尔达沁的四重奏。”他说。

她们围上来。她们已养成一个坏习惯，总要伸手抓他身上鳞片状的皮肤，皮肤已变成令人恶心的皮瓣。她们有时用力过度，便会抓下一大块。因为尽管她们苦苦哀求，他拒绝每天给她们讲超过一个的奇特故事，她们只好试着用这些海藻般的皮片来代替。她们抓到一小块皮肤，便会十分高兴，嗅闻、品咂、研究半天，深信以这种方式可以搜集一丁点正消融于时间深渊中的记忆碎片。她们估量着一块恶心海藻皮肤与一个奇特故事之间的差异，当她们感觉缺失时，她们找到这种方法来缓解。维尔·希德曼有时容忍她们这么做，有时不。

“别过来，”他命令道，“我们正在听《第三戈尔德之歌》，还有索朗热·巴德。我们都在沼泽边缘，正在欣赏黑暗中泛黄的波纹。氯气袅娜地蒸腾着，我身边的一头狼刚刚死去，它叫巴达尔·梅里铎。”

“一头身体棕色、尾巴灰色的狼，皮毛浓密，口鼻部和后爪有米色的斑点，直伸的右腿被子弹打伤了，对吗?”索朗热·巴德问。

维尔·希德曼呵斥她，他不喜欢在讲神奇的故事时被打断。

“不，在氯气绿色的浓雾中，它看上去是红棕色的，它也不瘸腿。”

“那就不是巴达尔·梅里铎。”索朗热·巴德嘟哝道，又开始咳嗽。

老妇人们围着希德曼，试图扯下他身上的皮肤。索朗热·巴德咳得越发厉害。希德曼后退了一步。

“我说巴达尔·梅里铎，实际上就是我。”他说，“我给出这个名字是为了不让人觉得我一直在说我自己，从来不说别人。其实那就是我。”

39. 林达·萧

一天晚上，在梅耶拜尔大道很少有车驶过，阿巴切夫注意到与红毛丹大街成拐角的一排住宅中，有一盏灯亮着，后来又灭了。以后的几个夜里他多次看见这灯光，一定是有什么人寄居在六楼。从统计学角度，极有可能是个女人，至少百分之五十的几率。由于阿巴切夫一直深感孤独，他决定为他的新邻居准备一顿饭菜并送上门去。

阿巴切夫掌握多种复杂菜式的菜谱，但现在食材稀缺。他花了整整三天时间，才陆续搜罗到一点他打算烹制的菜肴的原料：一道菜是蒙古式炒羊羔肉，另一道是绿咖喱鸡。

他开始忙碌。

先从羊羔肉开始。因为缺少合适的肉，他不得不用从卡纳尔河边拣来的江鸥尸体来代替羊肉和鸡肉。死鸟剥皮后，切成薄片的肉用来爆炒，切成大块的则用来做咖喱鸡。他把薄片用姜、蒜、酱油、麻油和酒混合在一起，又在上面加了一勺芡粉，然后搅拌。

比洋葱和姜气味更强的是沾在他手上劣质肉的气味，他很仔细地洗净双手。他刚才肢解的江鸥属于一种无法辨认的品类，它们不像是红嘴鸥。反正不管怎样，它们死了。气味最熏的地方是翅膀弯折处，不过其他部位味道也很强烈。阿巴切夫再次洗了洗手，他讨厌这种脏鸟留在自己身上的霉味。

接下来需要敲碎一棵椰子来取椰奶。阿巴切夫刨去果肉，压榨出两碗椰奶。他往里放了一把去籽的青椒，还放了一把烤过的红辣椒碎片，三把芫荽，一撮虾泥和孜然。

调料加热后的香气围绕着他，阿巴切夫把它们倒入一个研钵，与剩下的姜和大蒜一起研磨了许久。随后他把磨碎的调料放入油锅，倒入浸泡过辣椒的椰奶，并用文火炖肥鸥的肉和瘦鸥的翅膀。

当你同时炮制几样菜肴时，黄金法则便是协调好关键性的烹饪时间，以避免顾了这道菜，顾不及另一道，一定要精确安排时间。比如，在最后一分钟还在择菜削皮可能会造成严重后果。阿巴切夫深知这一点，所以他喜欢事先切菜削皮，一切准备就绪。他一边紧张地照看着平底锅里在煮的东西，一边抽空把洋葱切成细月牙形，并在一个杯子里倒入一袋芝麻，以备羊肉炒好上盘时撒在上面。接着，他又找了两片青柠檬放在手边，那是要最后滴在咖喱鸡上的。

接着，他清洗餐具，收拾好杂乱的灶台，擦干研钵、锅盖，放回原处。厨房里冒着热气，虾泥略微冲鼻的气味与温柔调料的香味协调地混合在一起，咖喱鸡就快做好了。阿巴切夫往里加了三勺花生酱，关小火。没有米饭来配菜，因为他无法同时携带两个以上容器。阿巴切夫作此选择，从营养学角度看，有些遗憾；从客观来讲，无法避免。

他又在长柄锅里加了一点油，油锅噼啪作响，他放入洋葱，必须在放入羊肉片或其代用品之前把洋葱爆炒到焦黄。正在这时，煤气断了。油锅停止了翻滚。阿巴切夫叹一口气，煤气中断的情形有时会持续几天。他面前的咖喱鸡还在余温下微微沸滚。

阿巴切夫关掉煤气，还在叹息。不过他并未完全束手无策，他将调整一下菜谱。咖喱鸡可以做成江鸥肉酱，就指望那些调料已足够渗入到使生肉软化。他把咖喱和青柠檬汁浇到与洋葱一起腌泡过、刚有点加热的肉上，撒上芝麻。两道菜看上去赏心悦目。

阿巴切夫现在可以出门了。他有点艰难地穿过马路，因为路上车流滚滚，他手里拎着两个锅子妨碍他在车流中穿行。不过他好歹来到马路对面，朝红毛丹大街走去。

夜幕降临，路灯照亮了空空的人行道，不见一位行人。至于汽车驾驶者，开过阿巴切夫身边时都会放慢车速，但也只有一秒来钟时间可看到她们的名字，因为她们会立即关掉照亮车牌的灯。她们中有一位叫雅斯丽娜·科根。另一名女司机，林达·萧开过，这也是从她的车牌上得知。

因为咖喱鸡要冷掉了，阿巴切夫加快了脚步。

之后，就再无他的踪迹。阿巴切夫到底有没有送出作为友好邻居的礼物？他被热情接待了，还是碰了一鼻子灰？他是否一直走到了六楼？他会不会之前在刚拐过红毛丹大街时就被雅斯丽娜·科根或林达·萧拦住质问？他的热菜受欢迎还是被鄙视？他的冷菜呢？这天晚上他奉上的菜肴中，哪个会被最先吃掉？

40. 狄克·热瑞舍

现在，给我听好了，我可不是开玩笑。这无涉判定我说的是真是假，巧妙与否，超现实主义与否，是否属于后异国情调传统范围；无论我倾吐这些话语是在嘟囔恐惧或者咆哮愤怒，或者对所有还活着的东西倾注无限温情；不管你们是否在我的声音，在这种被约定为我的声音的后面，辨别出一种与现实斗争到底的意愿抑或是一种面对现实时的精神分裂，或一种讴歌平均主义的企图；不管这声音在对当下与未来的绝望厌恶中是否越来越消沉，这些统统不是问题。甚至不用管维尔·希德曼是生活在那些籍籍无名的小说家，如吕茨·巴斯曼或弗雷德·詹福乐或阿迪雍·维希奥利之前还是之后；不管是在集中营和监狱盛行年代，或是稍后一段时间，或是两个或九个世纪之后；不管这里开口说话抑或闭口不谈的男人或女人使用的语言是祖传的阿尔泰语，抑或是受斯拉夫语或中文影响过的语言，或相反是接近安第斯萨满教的语言或更接近巫术的语言，完全跟这些无关。我这里不提供任何用以投机的素材，我这里没有表现出任何对魔法般时空错换或世界变迁的诗意表态。我用的是当代语言而不是任何其他语言。无论我是部分讲述、暗示、浮夸或粗野地讲述，抑或我只是兜圈子并未真正讲述，但我所述一切皆百分之百真实。一切皆如我描述的那样发生过，一切都在你们或我生命的某一时刻发生过，或即将发生，在现实或在我们梦里。从这个角度来说，一切如此简单，画面自己会说话，无需技巧；除了画面本身和叙述者，没有多余的粉饰。这就是为什么没必要在这里做一个数据总结和粗浅的形势报告。

举个例子，瓦伐利亚·朗多克的英雄业绩，她号召对强权的浴血奋战，她对废除一切特权的念念不忘，问题关键并不在于是或否，知道这仅是一场沉重的梦，知道是否瓦伐利亚·朗多克的长枪真在现实中扣响过或她正准备去做，这完全不是问题。我多次提到过瓦伐利亚·朗多克从一个城市到另一个城市，宣传恢复马克思主义，毫不含糊地实施她的最低斗争计划。她的计划首先要从肉体上消灭那些从虚无中产生出来的人：剥削者、黑帮及其帮凶；其次，摧毁所有造成经济不平等的机制，立即停止一切美元流通。曾经有一种说法，说这个女人身后，拖着一道长长的资本主义血迹。这是在用另一种方式说明，在她之后，穷人与富人不再有区别，总督与贱命之间也没差别。瓦伐利亚·朗多克所经之处，人们终于可以自如地在博爱中勉强维持生活，毫不羞愧地制造新的废墟，至少可以毫不羞愧地住在废墟里。这些事情绝非传奇性杜撰，它们百分之百符合现实，不需要用肤浅的抒情来添油加醋。

不过还有一个因素未提起，也许这是我唯一愿意重提的细节。瓦伐利亚·朗多克并非总在沉重的孤独中投入行动。每当我们得知她要到达某地，我们会设法敲锣打鼓扯着横幅、捧着干肉饼和马奶酒去迎接她，只要我们能设法搞到这些东西。说到我们，我是指卡纳尔街附近街区的几个人：比如我，狄克·热瑞舍，及狄克的女朋友卡瑞·热瑞舍。我吹口琴，卡瑞·热瑞舍唱歌，狄克·热瑞舍用中提琴替我们伴奏。他算不得出色的中提琴手，但他会做一种无与伦比的肉饼。因为我们担心瓦伐利亚·朗多克到下一站时得不到如我们这里的隆重欢迎，我们以乐队巡演的方式提前到达她跨大陆行程的下一站。除了我们的乐器之外，我们还带了一些防身短棍。从一座城市到另一座城市，常常需要在荒漠中走好几年。因为在人类初期，城市间的距离几乎都是非人的尺度。地球上还有好几个人类部落在苟延残喘，主要靠近库苏古尔湖或湄公河流域，或奥比斯河流域附近，还有其他一些因死亡率和气候变化而依次扮演过首都角色的村落，除了琅勃拉邦，我记不得其他名字。瓦伐利亚·朗多克最喜欢的音乐家之一是康托·吉拉斯，我总是会在我们的节目单中收入一支吉拉斯的牧歌。她边听边抽着辛辣的烟斗，然后去废墟后睡觉。第二天，在确定好地点后，她便出发去具体实施她铲除人类邪恶之根的计划。我有时助她一臂之力，去杀死这个或那个人。维尔·希德曼签署的混账法令并未加速人类的消亡，但也没能延缓人类消亡。几乎不再有任何孩子出生，想让一次受孕能够开花结果，必须用我们的方式，老妇人们的方式才行。在这个领域，我有时也在废墟后面助瓦伐利亚·朗多克一臂之力。

41. 科斯坦佐·科苏

最后一班渡船松开了缆绳。克里里·贡波听到绳索掉到泥淖的响声，听到船舵曲柄转动的吱嘎声，与紧接着船桨卷起水流的汩汩声。浮桥入口处有个售票亭子，里面卖票的男人每晚都寄宿在江对岸棕榈树搭建的小茅屋里。在售票亭前，贡波听到哀求的声音，“没关系，”那声音说，“我更愿意明天过江。”然后他又补充道:“我坐明天早上的渡船，每天第一班轮渡应该便宜一点，不是吗？……”

克里里·贡波周围，阳光拂过江面的波浪，在对岸八百米处，在一簇簇树叶茂密的树林里洒下金红色的光辉。再往远处，便看不清有什么，唯见一望无际的绿浪翻滚。因为过了江对岸，在一片湖区和几座庙宇的狭长地带后，便是一望无际、无人居住的原始森林。

太阳落山了。

贡波靠在一棵椰子树干上眨眨眼睛，他还有十六分钟时间。“我不在乎班次，”那个声音说道，“我关心的是减价……”

“减价?”轮渡卖票人终于有所反应，“以什么名义?”

克里里·贡波靠着有些霉烂的椰子树树皮，假装昏昏欲睡。遗憾的是他没有选对地方，黄昏时分常有无数带翅膀的蚂蚁从棕榈树叶间飞出，它们白天藏身那里，现在齐刷刷地向地面扑去，朝贡波劈头盖脸地砸来，他的头、肩、手臂被覆上一层黑色。怕引起人家注意，他并没有挥手驱赶。

“那好吧，”那人说，“要是我作为难民呢，嗯?”“没有减价的理由。”另一个人说。哦，那人有些失望。随后他开始列举一连串折磨他的精神与肉体之痛苦，从前和新近落到他与家人头上的各种不幸。所有的这一切都不够要求一张半价票吗?“我叫科斯坦佐·科苏。”他最后说道。这是一个小丑的名字，有些地方，人家是免费让逗乐子的人通行的，这里不是?

渡船静悄悄地远去了，除了贡波、卖票者和科斯坦佐·科苏，这一带已经没有其他人。专注于口舌之争，他们俩都没有注意十米开外那个靠在树干上似乎睡着了的破衣烂衫者。他们自己穿得也好不到哪儿:破烂的衣服和鸭舌帽，肮脏的T恤，脱了线的、用一根酒椰树纤维马马虎虎绑一下的凉鞋。轮渡卖票的那人斜挎一只布袋，而科斯坦佐·科苏则拎了一只印有超市地址的塑料袋。两人似乎都有意列一张关于各类困境的详细清单，但并不能带给旅行者任何优惠。科斯坦佐·科苏继续提出减免船票的各种理由，都被卖票人一一拒绝。“要是人家把我像行李一样带过去呢?”科斯坦佐·科苏建议道,“或在末等舱,我蜷缩在一堆货物中保持不动,即使人家朝我身上扔恶臭的包裹,我也不会抗议。”

“不行?”

“不行。”

夜间的寂静有一种永恒的特质,一只白色苍鹭沿河岸往上游飞去,转眼不见了。香蕉树一侧的天空不再呈红色,一团蓝色雾气升腾在蜿蜒的河道上方。秋蝉唱完它们最后的抱怨,一头老牛哞了几声。通往渡口的小路上苍蝇争前恐后,一只蛤蟆在聒噪。对岸,远远地可见渔民渺小的身影,正从小船上撒下渔网,渔火星星点点,渡口也渐成赤色水波中遥远的一个点。有东西在克里里·贡波的颅内发出潜水服似的声响,提醒他刚又过去了一分钟,几十只飞蚁在他的领子上攒动。“那就把我当成一具尸体?……当成散装货物?或当成招领的失物?”那人建议道。

贡波的鼻尖、耳后、脖子渗出一颗颗汗珠,并不停地流淌。“有时我会做一些噩梦,梦里出现一个叫巴伯[①]的女人。”科斯坦佐·科苏讲述道,“这够百分之几的优惠了吧,嗯?……哪怕一点点?”

---

① 巴伯,原文 Barbe 是胡须的意思。

“如果我是一个外星人呢?”他突然建议道。

然后是一句低语，两个男人凑到了一起。克里里·贡波觉察到他们在使劲地盯着自己看。科斯坦佐·科苏简直像疯了似的，“如果我是一个爬满蚂蚁的外星人呢?”他恶狠狠地说。

贡波打了个冷战，这是三百年来第二次有人当面怀疑他是否是地球人的异类。不管这种怀疑是否成立，总是令人十分不悦。

42. 帕特里夏·亚雪莉

经过三十二年不堪的死水微澜之后，我做了一个梦，梦里人家信誓旦旦地告诉我他们最近遇见了索菲·吉伦特。在刚刚过去的这三百年里，我一直在苦苦地思念她。如果我想留住一点机会不让她完全消失在我的视野中，我必须不惜代价地守在梦境里，等待她。

有一类梦，梦中并未发生什么骇人的事，可每一分钟都让人不安。这个梦便是其中之一:不管是在什么时候，城市都是昏暗的，很容易迷路。有些街区已被掩埋在沙土之下，有些还没有。每次当我瞥一眼街上有什么动静时，我都会看到一些鸟正在死去。它们从天空滑翔下来，在沥青路上弹跳几下，发出一些不像鸟叫的奇怪声音，再过一会儿便停止了挣扎。

我驻足于此，在这个梦里，在这座城市。这里有成千上万被抛弃的房舍，木门到处被用来当取暖的柴火，因此必须到最隐秘的角落才能找到一处稍像样的住所。我在一片红色沙丘附近弄到一套三居室，日子就这么过去了，既不危险也不舒适。人家给我找了些不太固定的工作，一些没头没脑的任务。最后别人在焚化炉边给我找了一份稳定的工作。我说别人，是为了造成有一个社会机构在运作的感觉。其实这个别人就是我自己，我是独自一人。

十个月后，我再次见到了索菲·吉伦特。她走到弓箭手大街，身边陪着一个男人和一个女人，是我三百二十七年前在集中营认识的帕特里夏·亚雪莉和辛格斯·布莱克。

我招呼他们三个，他们转过身来，立即挥手致意。我们拥抱在一起，索菲·吉伦特胖了点，看上去有些忧伤，很不庄重地在我身上蹭了几分钟，旁若无人。她的热气呼到我的脸上，有一种萨满教巫师般致命的诱惑。她抚摸着我的锁骨，我的屁股，我们就这样在半明半暗中呆立，说不出一句话，也想不出任何怀旧或建设性的话题。我们只是感觉激情不再，感觉我们周围的时间在一分一秒地流逝，感觉乌鸦飞落到沥青路上慢慢死去，还有那些秃鹫、犀鸟、家八哥和鸽子。

过了一会儿，帕特里夏·亚雪莉凑上前来，朝我们挥挥她一直披在肩上的大围巾，然后与我们紧紧地拥抱在一起。我们伫以一种犹疑的温柔，一起倒向上街沿，交换着含混不清的肉欲信息，感叹我们没能表现得更加激动。因为说实话，我们并没能够完全享受那一时刻。

辛格斯·布莱克蹲在排水沟前，集中营里的蒙古人在休息时最喜欢采用这种方式。他在等待我们把自己折腾得筋疲力尽。他点燃烟斗，透过烟雾观察道路。一场风暴正在酝酿，天空有一种深层的暗紫，不时有一两道蛇形闪电划过，在臭氧层撕开几道蓬松而迟钝的裂口。过了一会儿，我们朝大沙丘一带走去，索菲·吉伦特用手指着那里的阿亚纳湖大街，一群人聚在只剩一堵外墙的电影院门前排队，仿佛一场电影马上要开映似的。

“小心，”辛格斯·布莱克说，“这很可能是个陷阱。”

我们往前靠近，但与那群人之间保持一个相当的距离。他们一共有十四个人，蓬头垢面，头发黏结成块，脸上的表情比我还狰狞。他们在昏暗中耐心等待，目光并不与我们对视。最后一次电影放映至少是在三个世纪之前，经过这么久的风吹雨淋，海报已成一片褐色，但依稀可辨一些字迹，电影的名字是《施拉姆前传》，一部故事片，我们曾经在巴托姆加放映过，是一部烂电影。

“我去。”帕特里夏·亚雪莉突然说道。

“别去，求你了。”辛格斯·布莱克请求道，但她已经走远了。她混入这群奇怪的观众，我目送她两三分钟，随后就看不见她了，因为人群发生了一阵骚动，随即又重新静止。从那一刻起，我再也无法从人群中认出她来。

“她不会回来了。”辛格斯 · 布莱克说。

“还是再等等吧。”我说。

我们在正对电影院的一座沙堆上坐下，索菲 · 吉伦特瘫坐在我身边，然后又站起身，一句话不说。她比我记忆中真的胖了许多，也不如从前那么自信和决断。

带有磁场的风从我们头顶五米处呼啸而过，又有一批禽鸟折翼坠地，落在我们身边，落在路面和沙堆上。为了减缓焦虑，辛格斯 · 布莱克要鉴定和测量这些鸟类，他从口袋里掏出一条带刻度的软带。他从鸟的嘴尖到尾巴量了一下，又从一侧翼尖量到另一侧。当测量数字出现明显异常时，他便丢下鸟，厌恶地感叹一下。他抬起头，我们四目相对，想试着说点什么，终究还是没有。

在集中营的那些日子，我同辛格斯 · 布莱克有一些共同点：都对鸟类学有未竟的兴趣；都有一副可怕的长相；都拥有索菲 · 吉伦特和帕特里夏 · 亚雪莉这两个女人，都害怕永远失去她们中的某一个；都对这部《施拉姆前传》持负面评价。但我们已经不知道如何一起交流，也不知道如何一起闭上嘴。

43. 玛丽亚 · 克莱芒蒂

一如一千零十一年来的每个10月16日，我梦见这天夜里我叫维尔 · 希德曼，而实际上我的名字是克莱芒蒂，玛丽亚 · 克莱芒蒂。

我一下子惊醒。月光颤巍巍地透过窗格栅照进来，月亮小而圆，呈一种不洁净的象牙色。它仿佛在发烧，奇怪地不停颤抖着。也可能是我有什么疾病影响了我的夜间视力，我睁开眼睛，扑入眼帘的画面中有一些跳出来或者在晃动。大楼别处没有传来任何活人的声息，我的呼吸孑然无伴。走廊尽头有人在自来水管裂缝下放了一只桶，水滴落入桶中，发出长长的回音，就像一滴水落到了深井。风从门缝挤进来，周围的一切都是那么难闻。我想尽快入睡，枕头上留有一缕我睡梦中脱落的灰发，我像一只肮脏的母狗一样喘息着。

一分钟后我的梦境又回来了，人家再次派给我维尔 · 希德曼的角色。我说人家，显然因为我很遗憾没能给梦境的导演起个名字。

我认识希德曼已经很久，但若不是别人给我寄居到他身体里的这个机会，我根本无法想象他会衰败到如此地步。他身体的体积发生了变化，身上长出许多枝杈，不再符合一个正常动物的样子。一些脆弱或不脆弱的巨大的绒状鳞皮从某些部位茂密地长出来。这些部位可能恰好与他的脑袋上部、肩膀，以及腰带有关；也可能与熏黑了瓦伐利亚·朗多克蒙古包的那个火炉有关。

我感觉到身体下面是空旷的大草原，被虚无填满。没有昆虫、没有牲口、没有草料，一片死寂的土地，与万物隔绝。地上所有人都消失了，除了那群老妇人，或靠她们活下来的东西，就是说极少的东西。日子一天天流逝，无穷无尽，当中还间隔了荒芜的黑夜。现在每周要下几次流星雨，流星雨让大地的红色变得更深、更接近火星地表的模样。陨星释放出令人难以忍受的气体，让人几小时无法呼吸。

老妇人们趴着围成一圈，她们已经风烛残年并患上了失忆症，现在已经无法用手指或嘴撕扯我的皮肤以回味其精华。她们围在我身边，既没太激动也不怀旧，长生不死，却不适合再继续活下去，但又不知道该如何死去。有时她们头撞破旧的长柄锅，或捶打那些在很长时间里加固了她们骨架的铁丝框架。有时她们连说带比画让我明白不管在什么情况下，我都得再三给她们讲那些稀奇古怪的故事。尽管身体完全变形，尽管围绕他的虚空日甚一日，维尔·希德曼确实坚持每天讲一个故事，多半因为他既无其他东西可说，也无其他事可做。或者他对于这些老祖母有极孝顺的同情心，或者因为现在已没人能搞得清的其他一些理由。由于他的听众不大有反应，由于前尘往事早已灰飞烟灭，有时他就不把那些逸闻趣事全部讲完，或者只讲个大概。但不管好年头还是坏年头，他坚持每天构思一点新东西，他把这堆叙事分成四十九个章节，每章标上号并取一个题目。

这天晚上，10 月 16 日，我建议他把下次的故事集命名为《小天使》，我曾经用这个题目在另一场合、另一世界命名过一首浪漫曲，我觉得这非常契合希德曼正在完成的故事集，这最后的叙事。

月色被梦、流星雨模糊了，灼热的石块在夜幕上砸出无数个窟窿，又尖厉呼啸着砸到了地上，一场小型的宇宙喧嚣。

每当有陨石砸到我时，我便会醒来，我听见星星在脚边弹跳，刺啦作响了一秒钟，然后归于死寂。我在黑暗中还未完全适应，我凝视着墙的另一侧在栅栏后颤抖的月亮。有时所有光线黯淡下来，我已经搞不清我到底是维尔·希德曼还是玛丽亚·克莱芒蒂。我说我，完全随机，我不知道是谁附在我身上说话，不知道是何种智慧构思了我或研究了我，不知道我是否已经死了（阳性——译者注）还是已经死了（阴性——译者注）[1]，或是即将死去。我想到那些死在我之前，死在人类灭绝

① 原文中“死了”这个词有阴性、阳性之分。

之前的动物，自问有一天我还能对着谁来背诵我的《小天使》呢？为了还要在困惑中增加一条，我看不清这题目后展示的，是一首奇怪的浪漫曲抑或只是一连串的四十九个故事？

突然，我就像那些老妇人一样，对这种绵绵无期晕头转向。我不知道如何才能死去，我没有说话，而是在昏暗中动了动手指。我再也听不见什么，但我在听。

44. 里姆·希德曼

瓦伐利亚·朗多克一枪打碎门锁走进房间，受惊的鸡群咯咯叫着，在尘土、羽毛、工具和塑料瓶中间扑棱乱飞，因为储物架在混乱中倒塌，上面的杂物在昏暗月光下滚了一地，滚到了床边，床上躺着最后一个资本主义黑手党。房间里充斥着鸡屎的恶臭。这最后的黑手党伸手拧开台灯，他一脸萎靡，一种不安的听天由命的表情写在脸上。他嚅动嘴角，却没有说出一个字。胁迫之下，他不得不掀开被子，侧躺身子。八天前，瓦伐利亚·朗多克击中了他的膝盖上方，使她成功地循迹追到了他的藏身之所。一条肮脏的绷带裹着他的大腿。半分钟后，最后一个黑手党的侄女走进屋子。她不是资本家，而是在统计局与兽医和统计学家一起工作。她知道目前人类总共还剩三十五个个体，包括她自己、维尔·希德曼、那些不死的老太婆，还有这位资本主义盗贼的最后代表，后者也将很快死去。她耸耸肩，她怀孕了，腹袋里揣着一个她在兽医帮助下，几乎独自制作出的孩子，是一个女孩，取名里姆·希德曼。这个女孩将重整秩序，在大地上恢复集中营和博爱。她不看他叔叔一眼，径直走过去倚在窗边，想象着屋外卡纳尔大街尽头的景象，那些砖红色的沙丘，与云团斗累了的月亮。瓦伐利亚用刀在黑手党胸腔划了个口子，用蒙古手法伸进手去掏寻，当她的手指触到主动脉时，她一把捏住并把心脏牢牢地握在掌中。这是 10 月 17 日，最后一名富人的侄女带着她的孩子继续在宇宙的废墟里浮想联翩。

瓦伐利亚·朗多克现在试着毁掉那盏床头灯，她往地上摔了几次，但台灯滚了一圈安然无恙。于是，她伸出沾满鲜血的手，把它关掉。

45. 朵拉·费尼莫尔

朵拉·费尼莫尔几乎失去平衡，有人日夜推搡着她，她必须尽力气紧贴着西罗莫·布龙克司。她可怕地挤压着他的肺部、腰部、左腿。几天之后，西罗莫·布龙克司感觉他的皮肤已失去屏障作用，他们两具肉体撕扯后已融为一体。根据我的计算，现在应该接近 10 月 18 日凌晨。我爱朵拉·费尼莫尔，我足够爱她，所以没有抱怨她几乎要融化在我身上，加重我的负担，把我挤压得浑身疼痛。我突然感觉她很害怕，但我的双臂被其他躯体紧紧夹住，根本无法抽出手来去抚慰她一下。我所处的位置及我的疲惫让我无法转过目光对她微笑。我有些抱歉，因为我想她肯定会喜欢我递给她一个微笑。在这旅行过程的第一周，我一直在悄声述说那些我们在长久共同生活中铸就的热烈话语。为了有一天仍能在混乱中交换爱情，仿佛世界只有我们，仿佛一切都不存在。我不知道她是否能感受到这一切，她没有力气回答我。从一开始，我就听出她在一大堆喘息着的肉体及他们令人作呕的阴暗中喘不过气来。当我说我，一部分是指西罗莫 · 布龙克司，但只是一部分，因为我还想到了约内当 · 莱夫谢茨和伊斯梅尔 · 铎克斯，他们被挤压在我身上，挤到我们的锁骨破裂，相互掺杂在一起。除莱夫谢茨之外，还有其他一些人融进到我们这堆共同的肉体中。他们之中我要列举弗雷德 · 詹福乐，这不是他的第一次旅行，他直挺挺地站在一个角落里，脖子被卡住扭曲着，脑袋被一个站立着的正在哭泣的肥胖女人死死地顶在那个角落，无法动弹。那女人没做一个动作，也没说一句话，硕大无比的身躯碾压着所有她身旁的人。我的视线正好与舱板上的一道裂缝持平，有时白昼来临，我能断断续续地看见外面发生的事；或者当什么也没发生时，外面的一切就是本该会发生点什么的背景。弗雷德 · 詹福乐位于舱板另一侧，右舷。他应该同我一样，拥有方便的视野，因为他后来说起过他的所见，他把它们写入一本题为《七首最后的歌》的小书里，一本包含了七篇相当令人失望的喃喃自语，显然是他写得最蹩脚的一本书。他讲的事一点儿也不符合我在船上的见闻，以及我为取悦同伴们和取悦我自己而向人群所述的故事。从舱板间隙，弗雷德·詹福乐见到永远那么瑰丽的森林秋色掠过，预示着我们接近集中营地区了。他看到一堆堆被砍伐的落叶松，湖水幽深的小湖、哨卡及生锈的储油罐，生锈的卡车及废弃的仓库，肮脏的破房子。有时草丛中有若隐若现的驯鹿群，有时可见炊烟，有时绵延几百公里毫无生命迹象。而我从眼前木板缝中看见的景致完全不同，几乎一直是城市，空荡荡的大路连接着一些被抛弃的小街小巷。残破的废墟几无人烟，除了狼群和偶尔出现的幽灵般的乞丐。有时在电梯笼子或在十字路口，可见到食人者的动静及他们的某位受害者。不过总的来说，并没有太多值得一提的素材，我更愿意从自身，从我新近的记忆中汲取灵感。比如我说："今天夜里，我再次梦到我在卡纳尔大街散步，身边有朵拉·费尼莫尔陪着。"经过一两秒的沉默后，我又补充道，"朵拉·费尼莫尔有一条非常漂亮的裙子。"因为有人要我详细描述服装细节，于是我就说："一条中国式的长裙，开叉，深蓝，粉红衬里。"然后我等人们的惊叹声平息下来后，接着说道："卡纳尔大街上弥漫的氛围与我此刻从木板缝看见的一样。”因为我必须说下去，因为别人要我从头说起，我说道：“就是说我们不知道这氛围是仙境般美妙，还是十分恐怖。”我又说：“比如，我们头顶飞来飞去的硕大无朋的鸟和蝴蝶，比我们更好地适应了新的社会环境和新气候。”因为我身后有个声音问这些动物到底长什么样子。我说，“长着翅膀，有丝绒般质感的灰色皮毛，黝黑的眼睛观察着我们的梦境深处。”我略停片刻后，又补充道，“朵拉·费尼莫尔与我在它们的大翅膀下散步，顾不得想其他事，只想着活下去。”稍后，我完善了我的思考后说：“我们在黑暗中一起倾听翅膀掠过天空的声音，我们倾听着这声音、呼吸彼此贴近。我们深知无声胜有声。我们有时跨到上街沿，为了更好地拥抱；或者我们靠近栅栏眯起眼睛透过缝隙看。时不时有一些鸟儿在附近坠落，在静默中撞向建筑物，把它们压得粉碎，没人来得及叫喊。”

46. 桑居尔·米扎基耶夫

瀑布的嘈杂声突然大增，随后喧哗声犹疑片刻并消退，黑暗空间的边缘在下着雨。因为时间的坍塌还未启动，骤雨在不确定中止步了，只落下几滴零星的雨，然后一切重归安静。

克里里·贡波开始咳嗽，不是因为潮湿，而是一周以来他没有好好呼吸过，穿越过程中的煤烟堵住了他的七窍。咳了几下后，疏通了些许细小管道。在内耳后面，他听见有个声音在叫他的名字:贡波。提醒他要去完成的任务，为了我们对世界的认知，他需要收集所有有用的画面。他大大偏离了最初的目标，好在最后还是稳定在某处。日历显示的日期是10月19日，星期一。那是我在说话，我在提醒他，这是他最后一次下潜，只持续大约11分零9秒。

克里里·贡波直立在一家面包店旁边，因为突然感到一阵强烈的恶心，他靠近正门躺倒在地上。他在上街沿蜷曲着，姿势很像阿兹台克人的木乃伊。这个姿势我们都喜欢采用:双手抱膝，膝盖顶到肩部，上身略微放松，仿佛刚咽下最后一口气。他的右侧，飘来杏仁糖的香味，左侧气窗飘来的却是地下室的霉味。商店是打烊的。

在四分钟的时间里，贡波一直忍着呕吐的冲动。人们从他身边走过，有些穿着雨衣，有些长着古生代人的模样;有些牵着狗，甚至还有猫，猫狗们注意到了贡波，想挣脱链索冲过去嗅嗅他。一位穿着假羊驼毛大衣的老妇人弯腰在他脚边扔下一枚硬币，是半个美元。事件越来越多，但收集到的信息依然贫乏。为了更好地观察他驻足的这个世界，克里里·贡波坐起来，自然而然地摆出乞讨的样子。

他看到他身处阿杜瓦兹路，路边的建筑都没什么特色，街道狭窄，有些倾斜。

一个叫桑居尔·米扎基耶夫的人走上前，在他伸出的手掌里放了一枚硬币，一美元。稍作犹豫后，那人向贡波询问时间。出于疏忽，克里里·贡波没有抬起左腕看表，他正在专心解读我同时传递给他的提示，他还剩下 5 分 49 秒。

“离结束大概还剩 5 分 47 秒。”贡波说。

“好吧。”那人说。

他疑惑地站在贡波面前，突然感受到从贡波破烂衣服上散发出的可怕的石炭纪气息，脸色一下子发白。

“反正，我，时间。”他说。

克里里·贡波点点头。那人穿一件领口破损的深蓝色套头毛衣，看上去很聪明，看上去识字，或许还读过一两本弗雷德·詹福乐的小说。他走远了，没有任何驯化的动物跟在他身后。

接下来，一直到贡波拥有的最后一秒结束，没再发生过任何有意义的事。由于在如此平庸的成果之后，把贡波重新吸回来有点麻烦，我们决定把他留在阿杜瓦兹路。

47. 格洛丽亚·塔特戈

10 月 20 日，我们进入逃生通道，我们中的每个人都以自己的方式跌跌撞撞，艰难地躲避着有血迹与着了火的那些门。我们只剩下两个人了。月亮落下去了，三个小时过去，月亮再次升上来。再后来，天亮了。再后来，白天又尽。格洛丽亚·塔特戈走在前面，低头悄悄察看脚下。她晃动着油腻腻、黏结在一起的发辫，晃动长着束带状囊泡的双臂。看到她即将变得如弗雷德·詹福乐书中最后几章所描写的维尔·希德曼那样可怕的模样，我心里很难受。泪水模糊了我的视线，格洛丽亚·塔特戈回过头来，她在我前面五六米处，但她得使劲叫喊，声音才能穿过轰轰作响的火焰，传到我这里。“快点!”她焦急万分地喊道，“加快脚步，如果你想及时进入子宫！……”白熊马上就要分娩了，它们已经疼得扭曲了身子。我挥挥手，表示听见了她的警告。格洛丽亚还想说句什么，但我们进入了一个动荡区域，她没能继续说下去。我没有加快脚步，反而陷入昏睡，以此来对付眼前的危急。我们周围的房间都被烧焦了，在一摞摞尸体纷纷坠落的间隙，电梯也呼啸着往下坠。除了这些快速下沉的火球发出的光晕，周围没有其他光线。月亮只剩下最后的四分之一，再过两个夜晚，它就不再照亮我们前行的路。泪水冲刷着我的脸庞，仿佛我戴着一个正在融化的面具。我跟着格洛丽亚·塔特戈的脚步，热浪烤焦了她的衣服和头发，她正朝我结结巴巴地说着什么，但我无法听清。离此不远，白熊们淌着口水咆哮，它们五脏俱焚、备受煎熬，第一波宫缩已经开始。月亮又出现了，像弯弯的细镰刀。在我们拼命穿过的那条通道上，有些门已被烧毁，有些已坍塌，也有一些似乎可以永存。我注意到其中一个房间号，885，一个太熟悉的号码，不被吓着都难。那就是我的房间号，我们原来是在原地打转。我说我的房间是为了避免离题的无聊解释。885 号房间是人家一开始就丢弃给我的，是与索菲·吉伦特的船舱相连的一间小屋。索菲·吉伦特是我深爱的，却从未在现实中相遇过的女人。因为这些走廊的设计，就是为了不让我们中的任何人与现实中或梦境中的不管是谁，建立一种真实的、有人性的关系。“快点!”格洛丽亚·塔特戈呻吟道，“已经很迟了，我的孩子！……真的很迟了，现在。”我能想象那些白熊在昏暗的统舱里挣扎，在恐惧与痛苦中打滚，雪白的皮毛上沾满污渍，利爪拍打着舱壁。船舱几乎空了，水手们在别处或许已经死了。我听到索菲·吉伦特来来回回地从一头野兽走到另一头野兽。“快点，我的孩子……”格洛丽亚·塔特戈催促道，“从另一侧走！……”她被晃到一束火焰中央，指给我可以通过的地方。头顶上的月亮很圆，但没有一条路走得通。我跌跌撞撞地来到 886 号船舱的另一侧，把我淌血的脸贴在小圆窗上。窗玻璃很厚，我看到了索菲·吉伦特，但她很快离开了我的视野。她身边的胎盘反射着光亮，白熊们在舔舐着它们的新生儿并轻声吼叫，肥大的身躯仰面躺下。它们的姿态一会儿显得愉快，一会儿显得生气。我用拳头猛砸舱门，没一点儿响声，我能听到白熊和索菲·吉伦特的声音，我听不清她在说什么，也不知道在同谁说话。想要穿门，无论是进到子宫里面或去到自由的野外，现在都已经太迟了。“哦，我的孩子……”格洛丽亚·塔特戈叹了口气。我朝她的方向转身去找她，我看不到她了。我喊她，她不回答。这一侧，天空是漆黑的，没有星星，没有任何闪烁的光亮。一团无用的胞衣被甩到唯一那扇我原本还能延伸目光的窗上。连火苗也不再发出任何光芒。

48. 阿里亚·阿罗卡纳

读一读弗雷德·詹福乐的书吧，读他没写完的书，也要读他写完并且最后一页总是触目惊心沾满血迹和炭黑的书；读他有时为分发给业余爱好者而抄写了两三份的那些小说吧。有些或许还留在这里或那里的尸骨堆里，如果我们拂去它们身上的灰烬，如果我们扒开浸泡它们的生石灰，如果我们不沉浸在自己的哭泣中，这些书很容易看懂。另一些书仍然漂浮在两片阴森森的水域之间，在它的梦境或者你们的梦境之下。阅读它们吧，即使你已经不识字。热爱它们吧，它们常常描写一些卑劣的景致，那些活着走出来的人不得不忍受这种卑劣。当然，我们也会在书里找到美丽而温情的场面。无论如何，这些小说并未放弃忠贞爱情及温暖记忆的光芒。当一切消亡后，那消亡中的所剩就构成了这些小说，但这只能取决于你们让这些小说变得令人赞赏。大部分篇章取材于对所有人、所有事灭绝时的反思，弗雷德·詹福乐在身处集中营和离开集中营后的时间里，对这种灭绝已苦等良久。阅读这些书吧，去寻找它们吧。弗雷德·詹福乐游荡过许多集中营，他对带刺铁丝网之内的事物如此熟悉，还专门编了一部词典，收入各种相关的黑话。他如此喜爱这些集中营地区，以自己的心愿为他的所有读者来召唤这些地方，不断描绘着末日的不幸与幻象。比如阅读《七首最后的歌》这样的小说吧，是他最糟糕的文本之一；或者《10 月 21 日》，一篇很孤立的文章，毫无疑问是所有文章中写得最臭，却是我自己最喜欢的一篇。因为里面说到我们曾是旅行与灾难中的伴侣，我们确实一起撕心裂肺地哭泣过，尽管大部分时间我们彼此相隔遥远。我这里说的是阿里亚·阿罗卡纳，我们仅仅认识了一个晚上。还请读一下我最喜欢的弗雷德·詹福乐那部长篇小说，小说是在一列火车头撞击并拖行他的身体时完成的。这是一部内蕴丰富而有趣的小说，大部分人会喜欢的。读一读吧，至少读一下这一本，并试着喜欢。

49. 维尔娜·扬

当我来到恩佐·麦迪洛西安家里时，哪儿都不见他人影。我在附近安顿下来，吃我带来的本打算充作酬金的食物。天气转冷，有时，当白昼将尽，地里会钻出些灰白的絮状物，无声地飘飞到一人高，旋即不见了。眼泪修理匠的小屋看上去就像是烧了几个世纪后的废墟。因为大地已被暴雨和有毒气体大伤元气，荒草野藤并未侵占废墟。荆棘丛中长着些可怜的黑莓，黑熟的桑葚有一股硝酸钾的味道。而且，这是秋天里最后的水果，以后没有了。我随后朝一个掩体走去，钻进去，高喊。在有人藏身过一段时间的角落里，还剩下一些烧焦或腐烂的织物碎片。我退出来，今天是10月22日。外面的景致在夜色中慢慢混沌。我能猜得到眼泪修理匠会对我说的话，说我身上的一切都已紊乱，不只是眼泪；说我经常不合时宜，没来由地胡乱哭泣，有时又毫无理由地保持冷漠与无动于衷。想要治愈这一切已经太晚了，我干脆自己做眼泪修理匠。周边几乎什么都看不清，顺着一丝微光，我爬上一堆小山似的遗骸，看到那儿有一个女人躺在一盏灯笼边上。我们就此认识，在这高处共同生活了一段时间。我们有三个女孩，其中一个取了她母亲的名字，叫维尔娜·扬。她很漂亮，是最小的女儿。几年以后，黑暗日趋浓重，留在原地已很困难，移动一下会有相互错失的危险。突然，再也没人回应我的呼喊。因为我害怕离开灯笼在黑暗中的光晕，就靠着火焰勉强活下去。有一天晚上，我的衣服被烧着了，我在灰烬状态中又维持了一段时间，哆嗦着、哭泣着，大概有四到五年。有时我会发出一些呻吟，假装是在与风说话，但是再没有人来理睬我。应该说，这一次，我就是最后一个。说完，就再也不用提了。

四十九位小天使从我们的记忆中路过，一个故事一位天使，以下是名单：

1. 恩佐 · 麦迪洛西安
2. 弗雷德 · 詹福乐
3. 索菲 · 吉伦特
4. 克里里 · 贡波
5. 伊斯梅尔 · 铎克斯
6. 莱蒂西亚 · 希德曼
7. 维尔 · 希德曼
8. 艾米利亚 · 巴格达切维利
9. 埃冯 · 斯沃格
10. 玛丽娜 · 库拜哈伊
11. 德佳利亚 · 索拉里斯

12. 瓦伐利亚 · 朗多克
13. 贝拉 · 麦迪洛西安
14. 拉扎尔 · 格洛莫斯托
15. 芭芭亚 · 肖顿
16. 莉迪娅 · 马瓦尼
17. 雅莲娜 · 赫菲兹
18. 约勒哈伊 · 托塔伊
19. 巴什基姆 · 柯切曼
20. 罗宾 · 马利乌迪纳
21. 索赫夫 · 毛瑞尼迪安
22. 娜佳 · 阿哈杜拉纳
23. 莎菲拉 · 乌里亚吉纳
24. 萨拉 · 邝
25. 沃尔夫 · 奥格伊纳
26. 亚撒 · 冬道格
27. 里塔 · 阿瑟纳勒
28. 弗里克 · 文思乐
29. 杰西 · 陆
30. 克拉拉 · 古德祖尔
31. 朱莉 · 罗夏科
32. 阿芒达 · 伊切库特

33. 吉娜 · 隆费洛

34. 马里卡 · 巴雅拉戈

35. 拉谢尔 · 卡里西米

36. 阿兹穆德 · 莫伊思谢尔

37. 维托德 · 扬斯乔戈

38. 纳伊索 · 巴尔达沁

39. 林达 · 萧

40. 狄克 · 热瑞舍

41. 科斯坦佐 · 科苏

42. 帕特里夏 · 亚雪莉

43. 玛丽亚 · 克莱芒蒂

44. 里姆 · 希德曼

45. 朵拉 · 费尼莫尔

46. 桑居尔 · 米扎基耶夫

47. 格洛丽亚 · 塔特戈

48. 阿里亚 · 阿罗卡纳

49. 维尔娜 · 扬